病気も人生

不調なときのわたしの対処法

曽野綾子

興陽館

はじめに
病気の人も、健康な人も、人生は使い方次第

私の子供時代、学校では、一年に一度も休まなかった生徒を表彰した。母などはそれを「皆勤賞はえらい」と言ってよく褒めていた。自分の娘は、皆勤賞を取るような健康も気力もないことをよく知っていたのだろう。

偶然だが、私は後年、怠け根性が売りものの男と結婚した。彼は学校を休まない人など考えられない、と言い、内心、そういう人とは気が合わないようなことさえ言った。

それで私は次のように結論づけたのだ。あまりにも当り前の発見だが……。

人間にはいろいろな人がいる。

人生にもさまざまな生き方がある。

健康な人が休まず働いて事業を成功させることはよくあることだし、病気がちだった故にこそ、いい小説を書いた作家もいる。私はそのどちらも信じられるようになって大人になり、しかしそのどちらも本当には信じなくなった。人生が単調でないことは事実だ。そして少なくとも私の場合、病気のときにたくさん読書をし、健康が不調の時に、私は自分の生きて行く道を決めた節がある。

しかしだからと言って、病気になるのもいい、とは思わなかった。平凡な成り行きだが、病気をすると周囲に迷惑をかける。

だから東南アジアやアフリカを旅行した時にも、免疫力を失わないために、決して夜更かしをしないほど、私は気が小さかったのである。

私はもう九十歳近いのだが、生まれてこの方大病をしたことがない。東南アジアから帰国後に流行性肝炎に罹ったのが、唯一記憶に残るくらいだ。

しかし私の周囲には、治療に長くかかる病気をした人もいて、病床で語学の勉強をしたり、すさまじい読書をしたりした人もいた。

つまり人生は使い方次第なのだ。そうわかってはいても、私自身、僅かな体の不調でも、すぐ精神的な働きを失っていた。つまり実人生で損をしていたのである。

病気も人生　目次

第1章　病気とは律儀に付き合わない

第2章　体の不調や疲れを受け入れる

第3章　病院とくすりのうまい使い方

第4章　家族がもし病気になったら

第5章　心の病いとの上手な付き合い方

第6章 死の直前までやるべきこと

第7章 料理を楽しむことが健康

第8章　健康に暮らす、わたしの秘訣

装丁　長坂勇司

第 1 章

病気とは律儀に付き合わない

病気も込みで人生

病気はしないと決心して、あらゆる予防処置をしたほうがいい。

しかし病気がない人生は、たぶん非常に少ないと思います。そうであれば、「機能と五感が正常であるのが人間だ」という発想を、変えたほうがいいんですね。つまり病気も込みで人間、いいことも悪いことも込みで人生だ、という心構えをしておく必要があると私は思っています。

病気は、決定的な不幸ではありません。それは一つの状態です。病気になると、なかなかそうは思えませんが、決して悪い面ばかりではない。病苦が人間をふくよかなものにするケースはよくあります。

それは、その時まで自信に満ちていた人も、信じられないくらい謙虚になるからです。謙虚さというものは、その人が健康と順境を与えられている時は身につけることがなかなか難しいのです。

病気によって、新しい生き方を発見する人もいます。十代で階段から落ちて下半身不随になり、車椅子の生活になったから、車椅子の人たちのために働き始めたとか、結核で入院していた四年間に人生を見つめ直して神父になったとか、そういう例はいくらでもあります。

私自身も、健康で恐れるものが比較的少なかった時にも学びましたが、怪我で自信を失った何度目かの時に、もっと深く人生を味わったような気もしました。病気になった時、うまくいけば、とてもいい時間を持つことができるかもしれない。そうできるかどうかが、人間の一つの能力で才能なのかもしれません。

高齢者の健康は「お大事」にしない

新年になると、誰もが一年分だけ、高齢者に近づく。ことに七十五歳以上の年齢になると体に不調の出る人も多いから、真剣に老年との付き合い方を考えねばならない。

医療関係者でもない私が、軽々に言うべきことではないかもしれないが、高齢者の健康は、どうも「お大事」にしていてはいけないようである。私は人から「お元気ですね」と言われるが、見かけほど健康でもない。膠原病があるので、微熱が出てだるい日には、腕一本動かしたくない怠け病に罹っている。

しかし高齢者の多くの病気のよさは「治らない」ということだ。だから薬も病院に通う必要もなく、すぐ死ぬこともない。その間に、人生の自由な時間を稼げる、というか、遊べる。

昨年（二〇一四年）、私はヘルペス（帯状疱疹）に罹った。しかし発疹もきれいに治らず、痛みも残っているうちに、同級生の友人の趣味であるクルーズ船に乗り、病気前から予約していたベルリン・フィルハーモニー管弦楽団の演奏会を聞くために、ドイツのバーデン・バーデンに行くツアーにも一人で参加した。どちらも医師がやめない方がいい、という意見だったからである。

船に乗っていた最高齢者は九十九歳の女性で、目的は毎晩のダンスだった。豪華客船はプロの男性ダンサーを乗せているので、楽しくお相手をしてくれる。

その前年、私はアフリカの南スーダンとジブチに行った。途中エチオピアを通過するために、私は黄熱病の予防接種を受けねばならなかったが、都内の病院の医師は、私が八十二歳になっていると聞くと、あらかじめ注射に耐えられるかどうか健康診断をしたい、と言ってくれた。

黄熱病の予防接種はもう三回目なのに、である。その代わりこちらも好奇心で聞きたい質問がある。一体アフリカに行こうとするのは何歳までくらいの人なのですか、ということだ。

その病院では、今までに八十代の人に黄熱病の予防接種をしたことはなかった。その前年、七十三歳の男性一人に接種したのが、最高年齢だったという。

　私はもう二十年前くらいから、いわゆる健康診断を受けていない。人間、適当な年齢で命を終わる方がいいし、今自覚していない病気を探り出すこともないからだ。私は苦痛を感じない限り病院にも行かない。それは、趣味として、国民健康保険をできるだけ使わないためである。

　老年には、病気とあまり丁重に付き合わない人の方がぼけもせず、健康なように見える。利己的でなく、他人の面倒をみたり、少なくとも自分の暮らしを細々と背負って立っている人は、認知症にもあまりなっていない。子供や施設が万事面倒をみてくれると思って安心した人の方が、ぼけが出やすいようだ。

　私はあまり体に気をつけない。しかし毎日自分で食べたいおかずを作り、自家の畑で菜っ葉も採っているから、その方が薬より効きそうに感じている。

　老年には、他人に迷惑をかけない範囲で自由に冒険をして遊び、適当な時に死ぬ義務を果たさなければならない。

『老いを生きる覚悟』　海竜社

健全な老人と不健全な老人

当然と言えば当然なのだが、六十代後半から七十代になると、私の周囲にどんどん健康から脱落する人がふえて来た。

六十代で亡くなる友人を見ると、悲しいのと同時にちょっと腹が立つ。どうしてもっと生きていて、いっしょに旅をしたり、人生を語り合ったりできなかったのだろう、と思う。

七十代になると、ことはもっと深刻だ。急にぼんやりと言葉少なになる人も出て来る。部屋をかたづけなくなり、お風呂に入らなくなり、古着ばかり着たりする。食は細り、美容院には行かず、掃除を怠り、国家がしてくれる一切の老人のための制度を使えるような申請もしない。その程度は異変とも言えないかもしれないが、人間として放心状態を示している。

もちろんその年代になれば、どこも悪くない人というのもあまりいないだろう。頭の中の血管が何本か切れていても、見えないから慌てなくて済む。記憶が悪くなっても「年のせいだ」と周囲が保証してくれるから、心穏やかなものである。

完全に健康ではないにしても、まあこの程度なら生きるに差し支えない、という人もたくさんいる。私もその一人だ。七年半前に盛大に骨折をして、それ以来歩くのには困らないのだが、坂道を降りることや、斜めに階段を上がり降りする時に倒れることがある。右の足首にストッパーが効かない軽い障害が残ったのである。

淋巴《リンパ》のマッサージをしてくれる女性は、私と相性がいいのだが、彼女によると、私は「頭が悪い」からバランスが取れなくて斜め歩きに不安を感じるのだという。頭と首の淋巴の働きが悪いことを、彼女はそういう言い方をするので、私は嬉しくなって、頭の悪いのを治せないようでは、彼女の技術も大したものではない、と居直っている。

本当に体の悪い人は素直に老後を療養して過ごせばいい。しかし問題は私程度の半端健康人である。半分障害者・半分健康人という人たちが、今や世間でどうも甘やかされているふしがある。

こうした人々は時々腰痛が出たり、肝機能が悪くなったりするのだが、普段は元気である。旅行もすれば、芝居も見に行き、コーラスに加われば、ダンスの練習にも熱心である。受け取れる年金の額も、予想される若い世代ほど悪くないし、今日腰が痛くても、明日の旅行を中止するほどではない。

しかしこの程度の人たちが、遊んでばかりいていいのだろうか、と私は時々考える。老齢化が進めば、年寄りの世話をする若い人たちは当然少なくなる。貴重な若者たちは、年寄りの世話などではなく、もっと他のことで働くべきだ、ということも考える。

そういう場合、他国がやっているのは、労働力を輸入することだ。つまり外国人の出稼ぎを認めることである。アジアの中には、フィリピン、インドネシア、タイ、スリランカなどから、女性の出稼ぎがたくさん出ているから、日本で老人の世話をしてもいいという労働人口はいくらでもいるだろう。しかし外国人を入れたら、必ずまた解決しなければならない問題もたくさん出て来る。裏目にでれば、売春、麻薬などを媒体に、他国のやくざとの繋がりもできる。

それが困るから外国人労働者を入れないなら、日本は自国の中で、自分たちの手で、老人問題を解決していかなければならない。

それは健全な老人と、半分不健全な老人とで、病気の老人を支えていくという構図を作ることである。

年を取っているということは、別に資格でも何でもない。年を取っているからというだけで、ずっと遊び暮らす権利があるというものでもない。多分人間は、生きている限り、体力や健康の状態に応じて、働き続けて当然なものなのである。

『人はなぜ戦いに行くのか』　小学館

「一生治らない病気」との付き合い方

ここのところ数年、私自身も体の不調を自覚している。

先日ついに、リウマチの専門医にお世話になった。ごく軽い程度らしいが、私はシェーグレン症候群という膠原病の一種に罹っていた。このドクターのことは、リウマチでありながら働き続けている知人から聞いたのである。だから一度でこの病名がわかった。そうでないと何カ所もの医療機関をめぐって時間とお金をむだにする。私は、だるさ、微熱、目の乾き、足の裏が痛くなること、上腕の痛みなどで、時々起き上がれなくなる。「この病気は薬もありませんし一生治りません。しかし死にません」というのは、いい病気だ。治してくれる医者を求めて、日本中を駆け廻らなくて済むし、高い薬を買う必要もない。ケチだった夫の趣味にも合うだろう。

診断を受けて、その現実を受け入れ、覚悟を決めて、体の不自由を納得する。

それが高齢者の生き方としては始末がいい。
　そこへ到達するために、早く正しい診断を受け、治る部分があるなら治療を受けて、行動の自由を取り戻すことだ。だから私は専門医を紹介することだけは、時々するし、自分もその恩恵を感謝して受けるのである。

『介護の流儀』河出書房新書社

何歳で死ぬのがいいのか

つい最近のことだが、私は何の不都合な理由もないのに、世間で言う病気のように力がなくなり、何日か寝て暮らしていた。

調べても悪いところがあるわけでないことは自分自身でもわかっている。血圧が時々、最高で一〇〇くらいに低くなるという不都合はあるが、つまり高血圧ではない。八十七歳という高齢以外、私の体に病気はないのである。

私は六十歳から、治療や予防のための過度の医療行為を受けないことにした。風邪は始終引くが、漢方薬を飲んでいる。病気の時は怠けて寝て、時々熱い紅茶を飲むくらいで、薬と名のつくものは一切飲まない。面倒くさくなったのである。これも年のせい。血圧は自分で計れるし、お医者にはかからないことに決めているから、つまり私はずっと健康なのである。

現実には、足の踝《くるぶし》の左右同じ個所を十年くらいの間に二度骨折した。それでも怪我は病気ではないと私は言い張っている。しかし病気と同じ扱いで国民健康保険をたくさん使ったから、「国民の皆さま」に申しわけないと感じている。だから今後は怪我をしないように気をつけ、ついでに病気も罹らないことにした。こういう心理状態で、私はずっと生きているのである。

日本社会の不自然なところは、高齢者が適当な時に死なないことである。感謝を忘れてはいけない。長寿が、社会の理想だったのだ。

もっとも何歳で死ぬのがいいかは、誰にも答えられない。

だから気にする必要はない。個人の死期を決めるのは「神仏」のお仕事だと思っているから、私は気が楽であった。

『自分流のすすめ』 中央公論新社

病気とは律儀に付き合わない

人の生き方は全く違う。同じ家族でも夫はしきりに薬を飲み、私は、痛かったり辛かったりする場合以外は、病気を放置する。

人間には、適当な時にこの世を去るという義務がある。人間が嫌だと言ったって、それだけは決まった現実なのに、それを正視しない人も私は好きではない。しかし……これからが私の本音なのだが、世間の人は、病気と律儀に付き合い過ぎる。八十歳でもガンの検診を受け、健康診断の日と重なると言うと、遊びの計画まで止める人がいる。

私は辛くない程度なら、不養生をすることにした。ことに人は、動いていることが大切だ。昔は、少し病気になると、寝ていることが治療法だった。しかし今ではそうではない。心臓が苦しくならない限り、熱があっても入浴は構わないし、トイレに立つということは、どんなことがあってもしなければならない。二日立たないだけで、高齢者はもう歩けなくなる。ましてや少しでも遊べるくらいの元気のある状態なら、うちにいて、苦しいの痛いのと言って家族を困らせるよりも、外へ出て楽しく暮らす方がいい。

今年春、私は前々からの約束通り、北イタリアの二週間の旅に出た。シェーグレン症候群という病気のために、足はビッコを引くし、微熱も終始出る。体も痛む。しかし熱が出るなら寝ていなさい、とはどんなドクターも言わない。

幸い優しい同行者が三人もいたので、私は重いものは時々持って貰い、手すりのない階段はその人たちの肘に摑まる以外は、一応自分のことはすべて自分でして旅を終えた。家にいたら毎日、体中の痛みと微熱のだるさで、寝てばかりいたと思う。しかし旅に出れば、感動することもあり、おいしいものや新しい発見に出会う。

高齢者は、家にいて病気とだけ付き合うのは止めた方が得だと思う。そのために命を縮めることもあるかもしれないから、決してすすめはしないが、無茶して少し命を縮めても、その分だけ濃厚な人生を送ったのだから、私は少しも悔いない。それに無理をすると寿命を縮めるということもないかもしれないのだ。楽しいから、長生きできると言う展開になるかもしれないだろう。

しかし私がもう、重い荷物を持って長い距離をすたこら歩くという旅はできなくなっているのは事実だ。だから私はこう言う不健康者向きの旅の方法を考えている。

幸いにも私が見て楽しいものは、名所ではなくて人間と人生だ。それは一つ所にじっと座っていても見えることなのだ。だから私は一つの町に十日か二週間居すわる旅を考えている。しかしそれでも私は社会の真っ只中にいるのだから、自宅にいるのとは全く違う。ちゃんと周囲のことも考え、辛くても少し我慢して仏頂面をせず、身仕舞いにも少し気をつけ、書類やお金などを失くさない緊張も続けることになる。病気と付き合わなければ、（死病以外の）病気はなかったのと同じことになるのだ。

『昼寝するお化け』　週刊ポスト

予算外の人生を生きること

　人間の生活に誤算はつきものだが、夫の看護人として私の最大の誤算は、私の体の変調だった。私はとぼとぼではあっても、まだ数年は現在と同じように働けると思っていたのである。

　悪くなったきっかけもはっきりしている。十一月下旬、フランスから帰って数日後、急に東京の天気が悪くなった。底冷えと言いたい冷たさが身に堪えた。私の足首は氷のようになったが、私は大して気にもしなかった。我が家は五十年以上経つ木造の家で床暖房もないのは辛いが、長年住んでいるので生活上の不自由はこんなものだと思っていた。

　しかし翌日、急に左脚が痛くなった。一本の筋だけがこちこちになった。夫の介護の時、上半身を助けて起き上がらせるのにも力が入らなくなった。しかし車椅子を押すことも、布団を整えることもできる。

十二月に入ってしばらくしたある日、私は夫に言った。

「予算に入れてなかったことがあるわ」

夫は何か急にお金の要ることができたのか、と考えたようだった。

「何が予算外なの？」

「こうやっている間にも、こちらがどんどん年を取って体が動かなくなることを、予定に入れてなかったのよ」

年単位ではなく、月単位、いや日単位で、或る朝から突然、体力がなくなることを、私はまだはっきり自覚していなかったのである。

「そういうものだ。僕も同じさ」

健康と別れる準備をする

人は一度に死ぬのではない。機能が少しずつ死んでいるのである。それは健康との訣別でもある。

別れに馴れることは容易なことではない。いつも別れは心が締めつけられる。今まで歩けた人が歩けなくなり、今まで見えていた眼が見えなくなり、今まで聞こえていた耳が聞こえなくなっている。そして若い時と違ってそれらの症状は、再び回復するというものではない。

だから、中年を過ぎたら、私たちはいつもいつも失うことに対して準備をし続けていなければならないのだ。失う準備というのは、準備して失わないようにする、ということではない。失うことを受け入れる、という準備態勢を作っておくのである。

『中年以後』 光文社文庫

少し無謀をしてみる

人間年を取ると、なんでも縮こまる。

昔、方位学のいろはのようなものを必要があって学んだ時、五十歳以後は、十年に一センチずつ背が縮む、と知ったような気がする。八十歳なら、最盛期より三センチ小さくなっていても自然なのである。

そうでなくとも年を取ると、誰もが背中を丸め加減で歩いている。生活に対する姿勢も防御的になる。

毎日食べる食パンでも、海苔の佃煮でも、同じブランドのものを買いたがる。それではいけない、と決心したわけでもないが、人間に共通の悪癖には、すべて少しは抵抗する姿勢があってもいい、と考えているのである。

昔修身の時間に「進取の気性」というのがあって、福沢諭吉の話だったと思うのだが、「正直」の教えとともに、私の好きな戒めであった。

簡単に言うと少し無謀をすることである。他人に迷惑をかけるようなことはいけないが、「御身ご大切」な暮らしばかりしていてはいけない、ということだと、私は解釈したのである。

『人生の後片づけ』河出書房新書社

病気は、見かけではわからない

夫は先日、満八十八歳になった。

「昔は八十八歳なんて人、見たことがなかった。珍品だね」

と夫は言う。

「百年前だったら、『八十八年も生きてる人間』という珍獣として、サーカス小屋の見せ物になれたかもしれないわね」

と私もレトロなことを言う。

しかし今は「珍獣」どころか元気な高齢者はどの町にもいる。しかしその生き方は必ずしも十分に議論されていない。高齢者という世代に対する、昔の概念を引きずったままだ。

その現状に、違和感を持つ世代もいるのだ。数日前にあった若い中年は言う。

「お年寄りがお元気なのはいいんですが、ご夫婦でせっせと歩いておられるのを見ると、歩く元気があるならもう少し働かれたらいいのに、と思います」

本当は見かけでは人はわからないのだ。内臓の病気を抱えている人はかなりいる。外見は元気だが、実は痛風でいつも痛みに耐えていた人もいる。

若いときから貧しい家庭に育って働き通してきたから、せめて六十歳を過ぎたら遊んで暮らすのを生涯の目的としてきた人もいる。

一応元気なのだが、私のように怪我の後、関節が曲がりにくくなって畑仕事ができなくなったのもいるだろう。日本は個人の希望を大切にする自由な国なのだ。だから、遊んで暮らしたければ、そしてそれが個人的・社会的に可能なら、遊んで生きればいい。

しかし年寄りの中には、二種類の精神的性向がある。遊んでいるのが好きな人と、どんなことでもいいから働いてその生産性によって社会と繋がることを望む人とである。後者が私の周囲には、絶対多数である。どうして政府は年寄りに、収入はある程度安くてもいいから、体力の許すだけの働く場を作らないのかと不思議に思う。

『老いを生きる覚悟』　海竜社

ガンの治療法、それぞれの哲学

人生で、人は実に無力なものだと思う。たとえば、どこか知人の家庭でガンの患者が出た時、私たちは心の中で心配したりやきもきしたりするだけで、ほとんど何も手助けもできない。

ガンの治療法は、その人の哲学が大きく関与するように思う。

最近も、私の身近な二軒の家庭に、それぞれガンを病む家族が出た。偶然、共に男性、つまり「お父さん」の立場である。二人共いわゆる定年後の年齢で、仕事はしているが、いわゆる第一線からはひいている。それ故に、治療方法も生き方も自由に選べる立場だ。

一人は、時間やコネやチャンスやあらゆることを選んで、ガンと立ち向かった。ガンは複数の部位にできていたから、こちらを叩くのに二週間。つぎのをやっつける療法にまた三週間、と休む間もなかった。奥さんもその付き添いに疲れ切った。年齢は七十代後半、もう人生でいいとこを生きたとも言えるし、最近では九十代の人が健康で町を歩いている時代なのだからまだまだとも言える。

もう一人は、八十代半ば、やはり手術を受けた。学校時代から親しい友達の医師が「手術しなきゃいいのに」と呟いたのは、ガンのたちにもよるのだろう。放っておけば、たとえ悪くなるにしてものろのろで、そのうちに九十を越え、どう考えても寿命だと周囲も考えるようになる、ということのように私には聞こえた。

しかしガンの治療に対する態度だけは、他人はもちろん、配偶者も決定的なことは言えない。どういう治療をするのかは、当人の選択を重く見る他はない。

実はガンだけではない、と私は思う。

我が家の夫婦も、生き方が全く違う。夫は八十九歳で、軽い不調はあちこちにある。それらのドクターのところに、誠実に通う。薬も掌いっぱいとは言わないが、朝夕は五、六種類は飲む。その中には降圧剤も含まれている。

それに対して、私は年に一度の健康診断さえ六十代からは受けない。

高いお金がかかると聞いたし、そもそも人為的に被曝しないのが一番いいという発想だからだ。それに最近は、若い人の重圧になる後期高齢者用の健康保険をできるだけ使わないという目的もある。

まあ基本的には私が健康だからなのだが、私は病気と付き合わないことにしたのである。

『昼寝するお化け』　週刊ポスト

命は自然に尽きていくもの

この一カ月以上、朱門はあまりまともにご飯を食べない。朝はスープだけ、昼も夜も、「ご飯要らない」という言葉ばかり聞かされる。おかずでもご飯でも、無理によそうと怒る。うんと痩せて、背広の肩や胸のあたりが、ぶかぶかになっている。「たまには服を作ったらどうですか？」と言うと、「要らん。もう死ぬまで着るものはある」と言う。

私たちは二人共、もう何年も健康診断というものを受けた事がない。自殺をしてはならない、と思っているが、高齢者は自然に命が尽きるのを妨げてはならない、とも感じているから、食欲がなくなるというのは自然に死の方向に向かっていると思えなくもないのだが、このまま自然に放置しておいていいものか、と私は迷う。しかしそういえば、私も最近はお腹が空くという実感を味わったことがない。この家にはお手伝いさんも秘書もいるから、私はその人たちとの「社員食堂」のことを考えて手抜き料理でも毎日のように作るし、食事時間になると頭で考えて必要と思われる量だけ食べている。しかし昔のように、勇んで食卓に着くことはなくなった。

『私日記９　歩くことが生きること』海竜社

私が健康診断を受けない理由

私は六十歳の半ばから、健康診断を受けるのを止めた。何が何でも長生きしたいという情熱を持たなくなったのである。しかし自殺はどうも自然でないし、後に残された人に、いやな記憶を残すだろうから、一応健康にいいという生き方はして、後は運命が私に与える寿命の分だけ生きることに決めたのである。「そんなことをすると、案外長く生きて申しわけないかもしれませんけどね」と時々思いだしたように言い訳している。というのも、知人の医師の中には、「レントゲンなどの検査を一切受けないのが健康の元だから長生きしますよ」と、皮肉たっぷりに厭味を言う人もいるからだ。

『人生の引き際』　小学館新書

第 2 章

体の不調や疲れを受け入れる

人間は裏表があっていい

この数日、私は暇さえあれば「ごろごろして」過ごした。流行のインフルエンザにもかかっていないし、少食だからお腹も悪くしていない。八十代の後半なのだから、日がな一日怠けていても不思議はない、と自分に甘い。

ただ身のまわりのことは自分でする。「メンドウくさいなあ」と思いつつ、歯は磨くが顔は時々洗わない。どこへも出かけないのだから、顔を洗わなくても公害にならない。そして誰も私が顔を洗わないことに気がついていない。これはなかなか愉快なことだ。

若い時には顔を洗うのはもちろん、お化粧をし、髪を整えなくては外界へ出て行けないような気がしていた。だから今までの努力は水の泡ということか。しかし今は素顔のままで通る。こうなった上は「仏頂面」をしないことだけは心がけている。

世間は裏表のない人がいいというけれど、私は裏面のない人など嫌いだ。どんなに沈んだ心でいても、せめて人の前にいる時は明るい顔をしている人が好きだ。裏表のない人はゴリラと同じだ、と思う。

健康についても同じだ。病気は本来隠さなくてもいいものだ。機械も人間も不調になって当然だからだ。それをいちいち気にしていたらたまらない。

ただ自分の病気の話は、他人にとって退屈なものだ。それに気がつかない人は、年を取れば身に付くと言われる知恵がない。「孫、病気、ゴルフ」の話は、集まりの中でしないことになっている。

私は今、年齢の点でも、ガタの来ている健康の面でも、人生で妙味を要求される時期にさしかかっている。病気は回復すればよくなる。しかし老人はこの先、若い頃のようになることはない。風邪や食当たりくらいはよくなるかもしれないが、長年の持病や中年以後にかかった不調（たとえば足の骨折のようなもの）は完全にはよくならない。

『人間にとって病いとは何か』　幻冬舎新書

疲れが融けだすとき

朱門の死後、4ヶ月経って、私はやっと少し疲れが抜け、現実を操作する心理的な余裕ができるようになった。もっともまだひどい疲労は残っていて、一日中眠っている日もある。しかしそういうことを許されている日には、胸の内で南極か北極のしぶとい氷塊が融けだすような感覚がある。

『私日記10　人生すべて道半ば』海竜社

八十五年分の疲労をとる眠り

今年の夏、家族とシンガポールに行く計画を立てたのだが、私に体力がないので全部キャンセルしてもらった。

そのキャンセル料を旅行社に払った。

シンガポールには行きたくもあるが、面倒くさくもある。それが老年というものだろう。しばらく経てば、体力もつくだろうから、その後でいいと思う。最近は、時間があれば異常なくらい眠っている。

午前中も午後も夜も、つまりずっと眠っている。八十五年分の疲労が出て来た、という感じだ。

『私日記10　人生すべて道半ば』海竜社

人間の精神は肉体に左右される

急に疲れやすくなった、というのは自分でもわかる。しかし急に世の中が暗いように思えたり、怒りっぽくなったりするのは、血圧の異常であったり、動脈硬化のせいであったりする。しかし当人は決してそう思っていないし、そういうとますます怒ることがある。

人間の精神は肉体の状態で簡単に左右されることがある。だから自分の性格が突然変わることがあり得ると普段から思っていて、そう言われたらむしろ進んで医者に行くべきである。なぜなら先天的な性格は到底治らないが、後天的に、何かの原因によって惹起されたものは、その原因をとり除くことによって、わりとたやすくよくなるからである。しかし、自分の体験から見ても、たとえば鬱病のようになった時、それが血圧がうんと下がっているせいだと気がつくことは、なかなかむずかしいのである。

『完本 戒老録』 祥伝社

最終回は大切に決めて迎える

しかし最近、体力的には、ひどく衰えたのを感じる。二〇一八年三月二十三日、他の知人たちと、東京外環道路の東名ジャンクションの見学をしている時に、階段を昇り降りしていたら視界が暗くなってきた。多分血圧のせいだと思う。地表に上った途端、辺りの視界が乱れた。立っていられなくなってしゃがみ込みながら、「これで私は取材で現場へ行くのは止めにしよう」と思っていた。

人間はあらゆることに、最後があるのだ。だから最終回を大切に決めて迎えねばならない。

『夫婦という同伴者』　青志社

長年の疲労がもたらすもの

「だるい」という言葉だけで、毎日を過ごしている。出かける用事と、来訪者がなければずっと寝ている。病気ではないのだ。熱もないし、ご飯も少量だがきちんと食べる。料理もできなくはない。

「だるい」理由を私は、自分なりに長年の疲労だと考えている。私はもう六十年以上書いて来た。健康だったので、途中視力を失いかけた時と鬱病になりかけた時も、細々ではあるが書いていた。六十年も休まずに働けば疲れるのも当然だろう。

昔のユダヤ人は、農耕をしていても、七日目には休んだ。土地そのものさえ、七年目には一年休ませた。これがサバティカルイヤー（七年毎の休耕年）である。こういう立ち止まる賢さが現代には消えかけている。無理して働けば、いくらでも「生産性」が可能だという発想だ。人間にも機械にも限界がある。


『私日記10　人生すべて道半ば』　海竜社

第 3 章

病院とくすりのうまい使い方

健康を気にし過ぎる病い

自分が死ぬことを考えただけで、怖くてしょうがないという人は多いでしょう。コヘレトがいうように、「死にも時がある」と腹を括るしかないのですが、たいていの人は「死は遠いところにある」と思い込みたがります。

それで、死をできるだけ遠ざけておこうと、健康のことばかり気にして過ごすようになります。もちろん、健康あっての人生ですが、あまりに執着するのはどうでしょうか。

ずっと死の影に怯えて暮らすことになってしまいそうです。

わたし自身はもう、できるだけ医師にかからないようにしています。この年になると、年に一度レントゲンを撮ったり、検査で「それ、病気ですか?」と聞きたくなるような不具合を見つけられたりしても、あまり意味がありません。

それよりも、毎日ちゃんとしたご飯を食べて、寝るべきときに寝て、適当に文句を言うべきことがあったり、嬉しいことがあったり、家で冗談を言えたりするほうが、ずっと健康的だと思っています。

ちょっと体調の優れないときだけ、独学で知識を仕入れた漢方薬を飲むようにしているくらいです。

「使い倒す」浅ましさ

もう一つ、年寄りの醜さが発揮されているのが、自分が払った社会保険や健康保険を「使い倒して死ぬ」などと臆面もなく口にすることだ。「〜し倒す」という表現は最近の流行だそうだが、浅ましい言葉だ。社会問題を扱う学者や評論家までそんなことを言う。「とことん使い切らないと損」と言っているわけだが、「差し上げる側に回る方がいい」という美徳は、もう薄れてしまっているのだろうか。

老人と若者の間に対立が生まれる原因は、そうしたところにあるのだろう。若者からしてみれば、いくら自分が税金や保険料を納めても、大した病状でもないのにお医者通いばかりして、山のような薬をもらっても平気な老人のために使われているのであれば納得いかず、老人に嫌悪感を抱くのも自然な感情だろう。

ところが、そういう態度を示すと、今度は老人が「敬え」「大切にしろ」と怒り出す。その連鎖が世代間闘争を増幅させているのかもしれない。

『老境の美徳』　小学館

人に譲ることが一番いい

仕事の話や見舞いに自宅へ来てくださった方たちに、私は怪我の言い訳をして、「何が申しわけなかったと言って、いままでできるだけ使わないようにして来た健康保険を今度のことで使ってしまったことです。これからはまた、できるだけ病院へは行かないことにして、その分をお返しします」と笑ったのだが、その言葉を全く理解しない人がいた。

当然の権利を行使しないことは、当節では何もいいことではないのだろう。でも私の美学では自分が使えるものでも、人に譲れたら一番いいのだ。理解しないというのは、時代の差なのだろうか。それとも、教育の質が変わってしまったのだろうか。

『Voice 346』 2006・10

病人といえどももてる男たち

私の同級生のご主人に、東大法学部を出て一流企業に勤めたが、やはり晩年長く病まれた方があった。朱門はそれでもコンビニへお弁当を買いに行くようなことも好きな人だったが、そのご主人は、弁当の買い方もわからないような方だった。しかし芯は本当のジェントルマンだったので、最期まで看護師さんたちにもてたようである。この部分が実に大切だ。たとえ体は不自由でも、感謝を知り、言葉遣いとその内容が逸脱せずにいられれば、病人といえども性的な魅力と柔らかな威厳を保てる。

そのような病人・老人になるために、その場になってにわかに訓練を積むということは不可能だ。若い時から、礼儀正しく異性と付き合う訓練をし、どんなに体力がなくなっても、男性なら最後まで女性を庇う立場だ、という覚悟も必要だ。

八十歳を過ぎても、朱門はまだ女性を庇う行動をはっきり採れる人だった。私たちは、その頃、シンガポールの古いコンドミニアムを持っていて、毎日のように町へ出かけたのだが、銀座四丁目の交差点のような場所の地下通路には数段の階段があった。若いお母さんが一人の子供の手を引き、もう一人を乳母車に乗せているような場合、彼女はこの数段の階段で難渋した。すると朱門は必ず空の乳母車を担ぎ上げる役を買って出ていた。日本の男には珍しく、彼はこういう時、まったく心理の抵抗なく女性を助けるたちだった。

同じ、八十歳、九十歳を生きるにしても、どういう最後の日々を送るかは、その当人が「創出」すべきことである。孤立し、周囲と無縁で口をへの字に曲げ、利己的で不機嫌なお爺さん・お婆さんとして生きるか、最後まで周囲に気を配り、少しだけ服装にも関心を持つ明るく楽しい老人になるかは、厚労省の決めることでも、地方自治体が指導することでもない。それは各人が若い時から、意図的にデザインすることだろう、と私はいつも夫の姿を見ながら思っていた。

『納得して死ぬという人間の務めについて』 KADOKAWA

痛みを止める方途がない土地の人たち

世界中の多くの土地で、まだ人々は痛みを止めてもらう方途がない。村には診療所一軒あるわけではないところがほとんどだ。路線バスなどというものはないし、自転車を持っているような人たちではない。

日本人は、どんな土地でも、多分一時間以内には何とか痛みだけは止めてもらえる、と信じている。たとえ離島に住む重篤な急患でも、荒天でない限りヘリでどこかの病院に運んでもらえるのが普通だ。しかし、たかがそれだけのことでも、こういう土地では夢のまた夢である。

世界には救急車のない都市がいくらでもある。

まず救急車輌そのものがないか、あっても壊れたままになっている場合である。それにくわえて電話がないから通報ができない。救急車が来ても、有料だから、まず救急隊員は、患者の家族に輸送料が払えるかどうかを聞く。

払えないというと親戚で金を集められないか、などと言う。その交渉に近所を駆け回ってみても、皆が貧乏なのだ。金がないとなると、せっかく来た救急車は病人も乗せずに帰る。これがごく普通の図式である。

『原点を見つめて』　祥伝社

「胃瘻」で生きることは幸せなのか

日本では、年をとって病気になったりして口から食べられなくなると、当り前のように胃に穴を開ける「胃瘻」で栄養分を流し込みます。けれど、ものを食べなくなってやがて死ぬのは人間として自然な死に方ですから、そうまでして「食べさせる」必要はないでしょうね。

胃瘻以外にも延命のための医療技術はさまざまありますが、本人が本当に望んでいることなのか疑問ですから、普段から自分の希望をよく登録しておくといいですね。入院と同時にまだ呆けていない八十歳以上には全員に紙を配って、延命処置を希望するかどうかを書かせてはどうかとさえ思います。私自身はそれでかまわないし、変更したくなったら後で再申請できるようにすればいいだけのことです。

『人間の基本』新潮新書

見舞いは大事な人生の仕事

私は、幼稚園の時から、カトリックの修道院の経営する学校に入れられた。そこに大学までいたのだから、いい意味でも悪い意味でも、人間が偏って形成されただろうとは思う。

しかし偏っていない人間もこの世にはいないので、「あなたはこういうところがおかしいのよ」と言われて怒らないでいられる程度の偏りなら、仕方がないことのようにも思う。

そういう事情でカトリック的な教育は幼い時から身にしみたが、定着したものもあり、聞き流したものも多い。

聞き流した一つが、病人の見舞いであった。修道院の生活において日々大切にすべきことの第一は、病気をしている仲間を見舞うことだ、というのが修道院の会則にあったのを読んだことがある。

私は約五カ月前までは、夫の看護をしていて、自分の生活だけに追われていた。体力がなくなってきた年頃でもあり、人を見舞うという余力もなかった。しかし夫を見送ると、急に私は暇になった。そうなって思うのは、修道院の義務の観念が、その日にすべきもっとも大切なこととして、病人を見舞うことを挙げているとすれば、これからは俗世に生きる私も、少しそれを見習うことにしよう、という決意のようなものである。

もっとも病人の見舞いと言ってもなかなかむずかしい。付き添いの家族が他人に来てほしくない場合もあるだろうし、病人自身が誰にも会いたくない時も多いだろう。

ほんとうは病人にも、実は義務があるだろう、とは思われる。それは自分を気にかけてくれる人の好意に感謝するという義務である。病人にも義務はあっていいのだ、などというと残酷に思われるかもしれないが、少なくとも、多くの病人は心の病人ではないのだから、こうした判断ができる場合も多いだろう。もちろん病状によっては、辛くてその義務を果たせない人もたくさんいる。

だから友人を見舞わない、という思いやりも時には要る。

花よりお菓子より、贈りたい一言はある。

「よくなったら知らせて……」

という言葉だ。

回復というのは世間だか社会に復帰することだ。だから友人がそのきっかけになってくれることが、一番嬉しい。

しかしさしあたり、病人のお見舞いにもっとも適しているのは、歩く時に足を引きずっていようとも、私たち高齢者のような暇のある人たちなのだ。

高齢者はその日の仕事を、一人の友人の見舞いに捧げることのできる恵まれた境遇にある。

病人の見舞いは、キリスト教的に言っても、大きな仕事とされる。神は弱い者に目をかける行為を、実は「自分のためにしてくれたことだ」と言われた。

世間は健康な者、将来もなお俗世の権力を持ちそうな人だけに注目する。

病人、高齢者などは、問題にされない、とはっきり口に出して言う人もいる。

しかし病人の見舞いは、最高に人間的な務めだ、と修道会は、創設の時から規定していた。

『死生論』産経新聞出版

喜びと癒しの関係は男女のよう

喜びと癒しの関係は、いい感じの男女の仲のようなものである。病院も、治すのは自分たちの医療行為だけではなく、病人の幸福感、目的意識、未来だということを理解して、治療方法の中に取り入れたらいい。

もし毎日ファックスやEメールが読める制度ができれば、病人は、友人知人家族の日常を、時差なしで感じられる。それは、病人が見捨てられていないこと、家族の直中にあるということの、何よりの証になる。病気になどなっていられない。早く治って夫と娘のケンカの仲裁をしなければならない。レトルト料理ばかり続いているらしいから季節の野菜を料理して皆に食べさせたい。鉢植えの花を枯らせるようなことが続いたら花がかわいそうだ。そう思わせることが生きる力になる。

『自分の顔、相手の顔』講談社文庫

ホスピスに入るということ

　知人は長い間外国で仕事をしていた。母親ががんで手術をしたのだが、その後に転移が見つかり、もう先が長くないと聞かされた時、彼は忙しい中で時間を作って、アメリカから日本に戻った。それまで知人や親戚の人に任せていた母をある病院に移し、そこで経営しているホスピスに入れてもらう手続きをした。もっとも、その瞬間にはホスピスはいっぱいで、五日ほど待たねばならなかったのである。

「変なものですね。他人の死を待っているわけではないのだけど、誰かが亡くならないと入れないんですよ」と彼は言い「五日というのは微妙なところで、僕がアメリカに帰らなければならないのが五日後なんです」と続けた。

　私は無残さを感じた。人間の努力もお金も交渉も一切有効でないというある運命がそこに横たわっていた。しかし五日間を待つことなく、ホスピスは彼の母に病室を提供してくれた。記憶は確かではないのだが、三日目ぐらいのことだったと思う。ある意味で私は安心し、「よかったわね、数日でも一緒にいらっしゃれるから」と言った。

ホスピスというところには、何の規則もなかった。ペットを連れて行ってもいいし、見舞いの時間にも制限はなかった。昼まででであろうと、夜であろうと、行きたい時に行けばいい。そして病室はすべて個室だったから、泊まりたければベッドを借りることができたし、床の上に寝てもいいのである。

そのホスピスは殊に入り口近くに喫茶店を置いていた。人気があるのは、ホスピスらしからぬ香りが玄関を入ると漂うことだった。「ホスピスなんぞ死んでも行かない」と言っていた別の男性を、家族がなだめすかすようにしてそのホスピスを見せに連れて行った。すると、玄関を入るやいなや芳ばしいコーヒーの香りが漂ってきたので、病人の考え方はすっかり変わった。「こんなところならいい」と言い出したのだという。

痛む肉体が奥行きのある精神をつくる

薬のおかげで注意散漫になっている時間は、ほんとうに健康な時には考えられない状態だ。洗濯物をどこかに置き忘れる。郵便の宛て名を半分書いて、後を書かずに放り出す。

私だけではない、夫にもとんでもない記憶があるという。文化庁という役所に勤めて最初の日に、もちろん当人は何をすべきかわからないのだが、しきたりを知っている人がまず皇居にご挨拶の記帳をしに行くのだと教えてくれた。

夫は人一倍筆を使うのがへただった。一時、文壇三悪筆の一人と言われていたこともあるらしい。記帳の場所には天皇陛下と皇后陛下のお二方用に、それぞれの記帳用の和紙の綴じたものが置いてあるらしい。

夫の記憶では、その日は少し風邪気味で、早く治そうと思って眠くなる風邪薬を飲んでいたという。

「陛下のからお先に」

と宮内庁の人が言った。夫の心づもりでは、皇后陛下のから先に書いて、寸法などのあたりをつけ、それから陛下の方を書く予定だった。しかしそう言われて仕方なく筆を取って陛下に奉呈する和紙にサインした。文面は「着任、御挨拶」と書くのだと教えられた。

ところが夫は、頭が少しぼんやりしていたので「御拶挨」と書いてしまった。一枚ずつの紙なら、書き直しもできるが、他の人も書いている和紙の綴りだからそうはいかない。

私たちは子供の頃「あいさつ」という漢字を習う時、手偏に「ムヤクタ」と書くのだと教えられたのである。だからそれ以後はほとんど間違えずに書ける。しかし薬というものは、全く思いがけない影響を脳に与えるものらしい。夫はこの一見よく似た文字の順番を間違えたのである。

「それであなたはどうしたの?」

と私は尋ねた。

「そのままにして来た。陛下はそんなことにお怒りにならない」

夫は平然としている。たぶん誰もその間違いにさえ気づかないかもしれない。そんなものなのだ。現世では、どんなことも起きうる。だから人間は、自分の能力を思い上がらない方がいい。

私はまだ自白剤などを飲まされた体験もない。しかし薬物と自意識の関係については、全く甘い判断を持っていない。

若い時、私は軽い睡眠薬中毒になった。だから今では、逆に薬に頼って眠るということを神経質なくらい避けるようになった。しかし同時に、作品の上では、麻薬的な薬こそ人間に慈悲を与え、悪い性格を薄め、道徳的境地にすら近づく、という作品を書いている。

自分があるがままの自分を保つということは、思いの他むずかしいことなのかもしれない。人は怖くて嘘をつく。

よく見せかけたいあまり威張る。過不足ない自分をさらけ出せる時、人はまちがいなく魂の健康を与えられている。

よく年寄りがずっと額に縦皺を寄せ、何かにつけて苛立っているのは、体のどこかに不快感があるからだろうと思う。

そして少しでも年の若い者は、この説明もできないような体の違和感の原因を察してやることができない。

健全な状態がいいに決まっているが、不健全な肉体の状態を体験したことがないと、今度は人間の精神が鍛えられない。

健全な精神は健全な肉体に宿るのが原則なのだが、時々は病む肉体が、奥行きの深い魂を形成するのに役立つこともまた忘れてはなるまい。

『昼寝するお化け』週刊ポスト

痛み止めの薬を飲みはじめてから

体の痛みを止めるために、新しく飲み始めた痛み止めの薬の副作用のうち、私がつらいのは食欲不振だけ。

友達の医者と会う機会があったので、聞き慣れない薬の名前を言うと、調べてくれて、それは癌の患者の初期にも使う鎮痛剤だと言う。癌になったから食欲がなくなったのではないのだ。薬のせいで食べたくない人も出るのだ、と私は一方的に考える。これで癌患者の肉体的な苦痛も、少し小説に書けるようになったかもしれない。

この鎮痛剤を飲むのを止めた代わりに、ドクターが貼り薬をくださった。おでことほっぺたに貼ろうかと考えていたら、「首から下ならどこでもいいです」と言われたので、心中を見透かされたような気がした。

困るのは夕食をほんの少ししか食べられないので、夜中に必ずお腹を空かせて目を覚ます。それで眠れない。仕方なく足音を忍ばせて階下の台所に下りて行って、四食目を食べることにした。インスタントのカップヌードルにしようか、という誘惑もあるが、料理はまあ嫌いではないから、けっこう複雑なものを作る。鯛の笹づけがほんの三切れ残っていたので、それを利用して鯛素麺を作ったら、ほんとうにおいしかった。

こういう話を知人のドクターにしたら、「そういう時はバナナがいいんですよ。あれ一本で、ビタミンもあるし、七十キロカロリーしかない」と言われた。

第 4 章

家族がもし
病気になったら

高齢の介護者はみな疲れている

八十代の半ばの私の同級生や友人たちは、今皆疲れている。

もう親の世代を見送った人は多いけれど、配偶者、（義理の、を含めて）兄弟姉妹、などの病気がちの老後を見なければならないからである。

第一に、彼女たち自身が、もう楽に働ける年ではない。自分が他人の世話を受けたい年なのに、老齢の家族を他には見てくれる人がないから、自分が「何とかするほかはない」と考えている。

見てくれる人も場所もない事情は、皆よく理解している。若い世代が少なくなっているし、国家も社会も、すべての老人を「収容できる」だけの場所も予算も取れるわけではないし、個人的に払うとなると老人ホームの入居にはそれなりのお金がかかる。

それを避けようとすれば、家族に頼らねばならない。一番頼れるのは配偶者だが、この場合は、当人が面倒を見てもらう立場にいる。

国家はこのような状況の、しかもどこか体に故障のある高齢者のために、救援の制度を作ってくれてはいるらしい。

知人の話によると、朝一番に来てくれる介護の人は、寝ている夫の着替えだけをして十五分で帰る。「それでも助かるのよ」と言っていたが、介護支援が一回十五分では落ち着いて何かを説明してやってもらうわけにはいくまい。

三時間家事全般を助けてくれることになった人が来た時は良さそうに見えたが、どういう制度なのか、一時間ずつで人が交代した。床拭きの雑巾と、台所の台の上を拭く布との区別をそれぞれに説明しているだけで、その中の三分はかかるだろう。しかもそれだけ人が代われば、交通費も高くなる。

私は、私たち夫婦の三人の父母と、夫の十五カ月に及ぶ最後の療養期間を自宅で見たが（一週間、意識がないままに息を引き取った時は酸素吸入の設備が必要で入院していた）、それは社会が、一人の人にそんな手をかけられないことを漠然と感じていたからだ。

それはいい。しかし家庭ごとの高齢介護者は今皆疲れている。介護期間が長くなる時、こういう家庭にせめて月二日でも代わりの介護者を送って、一日中眠ってもらうとか、気晴らしに外出できるようにする制度があることを、当然と思えるような社会にはならないものか。こうした家族介護者は孤立して黙っているから、休みのない労働者でいい、と政府は考えているのか。

中年の人たちが、親たちの介護のために離職するのも痛ましい。仕事は金稼ぎのためだけではないのだ。私にとっても書くということは、心が生きる道なのである。

夫が亡くなって五カ月あまり、私は最近になってようやく疲れを感じるようになった。第一の理由は、そんなことを言っている間にも、私が年を取ったからである。しかし一人の人を、その人らしい日常性の中で見送るということは、それなりに大事業なのだろう。

考えてみると、人は誰でもこうした大事業を果たしている。だから誰もが幸福になってもらいたい。

『死生論』 産経新聞出版

眼の病気をしてから私に起きた変化

私は思いがけない偶然から、音楽に親しむようになった。

それは、私が眼の病気をしたために、執筆が不可能になるほど視力を失ってしまったからである。手術によって視力を得るという可能性は残っていたから、私は絶望のどん底に陥った、というわけでもなかったが、私の眼は生まれつき強度の近視だったので、普通の人だったら何でもない手術が、かなりの危険を伴うということも知らされた。手術は多分うまく行くだろうけれども、結果が思わしくないということもある。第一、悪い眼で毎日毎日生きているということは、一刻たりとも自分の眼が、正常ではないということを、確認しつつ生きるのである。私の場合、総てのものが三重に見え、月は数十の発光体の塊になり、あらゆる物の色は茶色に濁っているのがその特徴であった。私の大好きなモネは、晩年白内障になり、手術をしてもうまく視力を回復しないままに亡くなったが、白内障が悪化してからの絵は、どれもセピア系に濁って来ている。私にはその痛ましい変化が、悲しいほどよく判るのである。

話は横にそれてしまったが、矯正視力が〇・五以下になると、もはや読み書きは不可能であるという眼科の診断通りに、私は数秒から数十秒程度の間だけ、眼から本を十センチ位に近づけて読むことはできたが、いわば継続して読み書くという作業をすることは不可能になっていた。私はついに数本の連載を休載にしたが、それは私が小説家になって二十六年目にして初めて起きた事態であった。

私はすることがなくなってしまった。鍼が大変うまいので、鍼灸師の資格を取ろうと思ったが、私の視力は中途半端であった。全盲でないと、盲人用の鍼灸学校へは入れてもらえないという。しかし私は、健全な眼に伍して、三年間の授業に耐えられるだけの視力はもはやなかった。鍼灸師になれたら私は一流の腕を持てるのではないか、などと夢みながら、その道も私の前には容易に開けていなかった。

私はそこで、畑仕事を覚えることにした。私の家のお手伝いさんは、畑の好きな人で、彼女が私の先生になった。私はかなり有能な弟子になれたと思うが、それでも視力の障害は、ある種の作業を妨げた。小さな芽を移植すること、ドジョウインゲンのような、実と茎の区別のつきにくいものを収穫することなどはもはやできなかった。それで私は、大きな苗を植えたり、肥料を運んだり、竹を立てたり、紐を結んだり（紐を結ぶというようなことは、たとえ細かい点は見えなくても、私は手先の感覚だけで、全盲の人のようにすることに馴れていたのである）、大きな草をとったり、ということであった。

私は講演も引き受けることにした。講演だけが、それ以前から私の仕慣れていた仕事で、唯一継続可能なものであった。勿論、汽車の行き先も、空港で飛行機の便名を示す掲示板も読むことはできなかったが、言葉が喋れれば不自由はない。飛行機から出て来た荷物が、レイジー・スーザンと呼ばれるあのぐるぐる回る装置の上で、自分のものはどれだか判別できなくても、そこは親切な日本の航空会社は、私が事情を話せば、そしてその荷物がどのような色で何個であるか、ということをたよりに、持っている合い札で品物を探し出して、下ろすことまでやってくれた。それで私は、どこへでも旅行できたのである。

旅行のお供として不可欠のものが、本であったということを、私はその時になって初めて確認した。長い間、列車に乗っても飛行機に乗っても、読むことができないのだから、私は聴くほかはなかった。若者のようにヘッドホンをかけ、そして、外側の人からはシャカシャカシャカシャカ、というあの音しか聴えない機械で聴くのである。私はたくさんのカセット・テープを買い、そして溺れるようにそれらを聴いた。しかし当時のことを思い返してみると、音楽は、私にとってあくまで読書の代替えであった。私はまだ点字図書館へ行って、既に吹き込んである本の朗読テープを借りてくるというところまで頭が廻らなかったのだが、数冊の本を身の廻りの人が吹き込んでくれたので、私はそちらを聴く方を好んだ。それらがない時、あるいは気が向かない時だけ、代用品として音楽を聴いていたのである。

そのような状態が、二年程続いた後に、私は眼の手術を受けて、幸運にも前以上に視力を得ることになった。

五十歳にして初めて、私は世の中を眼鏡なしで遠くまで明らかに見たのである。夜明けと日没の美しさに私は狂気のようになり、その時間には眠っていることさえ惜しく思われ、夕映えの中に躍り出るように出て行って、体中でその光を味わいたいと思うことが度々であった。もはや私の世界には音楽などなかった。正直に言うと、書物もなかったのである。私はただ、感動して町中を歩き廻った。そして総てのものが見えるので、めちゃくちゃに疲れて帰ってきた。私は、自分の人生が、というより、小説家としての生涯が、第三番目の時期に入ったことを感じた。初めて眼鏡なしでよく見た自分の顔は、愕然とするほど醜い老婆のものであった。しかし、精神的には悪い状態ではなかった。私は人生を屈折した眼で眺めることも、悲しみを笑うことも、何でもない小さな光景に深く傷つくこともできるようになっていた。

『ほんとうの話』　新潮社

体の不調を会話の種にしない

母の時代は今のように健康保険などというものもないし、週に何回か整形外科で「電気をかけてもらう」などという気楽な治療法もなかった。鍼灸、按摩、温泉などもちろん必死で体を治すのに努力している人もいたが、私はその時から、自分の体の不調を訴えることを、会話の種にするのはやめようと決心したのである。

その代わり、私は中年以後、漢方の入門書を読んだ。夜、もう頭が疲れてあまりものの役に立たなくなっている時間に、切れ切れに読むのに、まことにいいものであった。漢方と同時に私は野菜や花の育て方の本も読み、こちらにも少しは詳しくなった。

もともと私は鍼灸マッサージなどに関して、少し特別の才能があると思う時があった。自分がさんざん鍼やマッサージの治療を受けている間に、そのこつを覚えてしまったのである。人の体をもんであげていると、手指が自然と、その悪いツボに行くのである。

漢方も、有名な医師にかかったこともあったが、その中で私の胸に響いた言葉は「漢方薬というものは、明日起きたらあの薬を再び飲みたいと思うものが体に合っている」という表現だった。いいか悪いか、全く感じない薬もある。もう二度と飲みたくないと拒否的な感覚を残す薬もある。それらは、私の体質に合っていないのだからやめる方がいい。これはなかなか奥の深い人間的な療法の表現で、素人なりに体の伝える言葉を聞き取る技術だと思った。

しかしつまりこれらは素人の独学だから、過信してはならないのだが、私一人だけの健康維持にはかなり役に立った。五十歳を少し過ぎた時、私は旅先の外国で膝が痛くなった。当時私は途上国への旅を始めていたから、普通の観光旅行とちがって、持っている食料などの装備品を毎日少しずつ整理をしなくてはならなかった。つまりホテルの床に膝をついて、在庫を調べたり詰め替えたりする作業である。そういう姿勢が膝が痛くて取れなくなるのは、実に不自由なことであった。

　帰国して整形外科に行くと、膝に水が溜まっていると言われ「お年ですからね」と言われた。つまりもう治らないということである。家に帰ると、私はその日から漢方の桂枝茯苓丸《けいしぶくりょうがん》という血流を促す穏やかな薬を飲み始めた。自分一人で、その量も微妙に調節するのである。

　一カ月半ほど経った頃気がついてみると、私の膝の腫れはすっかり引いて痛みを忘れていた。それ以来、私は同じ症状に悩まされていない。この薬は薬局でいくらでも売薬として買えるのだから、便利なものだった。私はあの臭いにおいのする漢方薬を毎日自宅で土瓶で煮出すなどという努力をする気にはとうていならなかったのである。

楽しくないと病気は治らない

楽しくないと病気は治らない。苦しくて、抑えられていて、好きなことができなくて、家族とも仕事とも娯楽とも引き離されていて、何で病気が治るものだろう。

死の日まで、私たちが欲するのは日常である。つまり死の瞬間まで、私たちは普通の生活がしたいのである。

それと同じように、病気になっても私たちはできるだけ普段と同じことがしたい。

熱があったり、痛んだり、手術直後だったりすれば、そうはいかないが、そういう異常な状況が過ぎれば、すぐに日常性を回復しながら、病気を治して行くべきである。

『大説でなくて小説』ＰＨＰ研究所

できれば家で死にたい

舅が九十二才で亡くなったのは去年の十月のことである。

私は舅姑と実母と三十年間、軒がくっつきそうな別棟で隣り合って暮らしたが、私のことだから、放りっぱなしの嫁であり、娘であったことは間違いない。しかし私は親たちを三人とも、うちで見送ることができた。私の父だけは、離婚した後、後妻さんが来てくれたので、私は補助的な立場に立てばよかった。

三人の親たちを入院させなかった最大の理由は、皆が入院をひどく嫌がったからである。それに、夫も私自身も死ぬ時は、もしできれば日常性の中で最後の時を迎えるのがいいような気がしていた。誰でも自分の家にいる時はすべてのものに馴染んでいる。箪笥もテーブルも見慣れた位置にあり、物音でさえ聞き馴れたものだ。嫁が孫を叱る声、飼っている犬が鎖を鳴らす音、たてつけの悪い戸がぎいぎいなる音、すべてが日常の音なのだ。

匂いも安らぎの種になる。大根を煮る匂い。窓の外の梅の香り。ストーブの石油の匂い。

そのよく馴れた空気の中で、或る日ごく自然に命じられた生を終わる。私はそういう一生が好きだ。

舅は、体の丈夫な人だった。穏やかな性格で、私がすばらしいと思うのは、最後まで、自分の卑しい部分など全く見せなかったことだ。死の前日まで「ありがとう」という言葉も忘れなかった。

私たちはホーム・ドクターに来て頂いたが、舅はその先生を甥の一人と思いこみ「チッちゃんが来た」と嬉しそうな顔をした。ドクターの顔を見ると、入院させられるのではないか、と思う人もいるらしいが、舅はその意味でも幸せであった。

一日にほんのわずかしか飲みも食べもしなくなった時、私たちは少し心細くなり、やはり「点滴をして頂いたらどうでしょうか」と尋ねたことがあった。するとドクターは、人間は口から食べるということが最高で、その人がその時に必要としているものを欲するようになっている。点滴をすると、その調和を乱すので、急に悪くなるか、苦しむかすることもあるから、とにかく一口でも食べさせるようにしてください、と言われた。

そしてドクターは舅が口の中が真っ白になるほどできた口内炎や、時々出ては下がる熱のために、塗り薬や座薬をきちんと処方してくださった。

私はいつもはひどくケチで、高価なチョコレートなど、家庭用には買って来たことがなかった。自分の歯が丈夫なことをいいことに、ばりばり噛みくだくような安いチョコレートしか買わない。しかし舅の口に入れるには、すぐ融ける高級チョコレートが便利であった。チョコレートというものは、固体と液体の中間という数少ない食物の一つで、しかもカロリーが高い。もともと甘いもの好きな舅だから、口に入れてあっという間に融ければ、それが自然に胃袋に収まってしまう。

しかし私の中、ほんの一パーセントくらいだが、あの時、入院させて点滴でカロリーを補っていたら……という思いがないではなかった。しかしそれが、先日、聖路加看護大学の日野原重明学長の講話を伺って、心が軽くなった。

先生の医学的なお話しを今ここで正確に再現できるとはとうてい思えない。不正確な点は全て私の責任であるが、日野原先生のお話の要旨は、素人流に言うと次のようなことなのである。

人間の病気の中には、数日、数週間を乗りきれば、回復に向かうものもある。そういう場合にはあらゆる治療を惜しんではならない。しかし、高齢者の病気のような場合、弱っているなりに、一種の調和を取るような働きが自然になされている。だから、非常に少ないカロリーと水分でも何とか生きるように体が体制を整えているのだという。それを点滴などで、不必要なほどのカロリーと水分を入れると、そのためにひどく苦しむようになる。

先生はまた、病人から言葉を奪ってしまうような気管切開もいけない、と言われた。それくらいなら、昔風の酸素テントがいい。一言でも話すという大切な行為は、死に赴く人にとって、最後の人間的な表現の方法だからだろう。

日野原先生は、もちろん私の家で昨秋舅が亡くなったことなどご存知ない。

しかし私は先生のお話によって、舅の最期に、私たちが間違わなかったことを信じることができた。それは私たちのホーム・ドクターに対する深い感謝や尊敬と繋がるものでもあった。

私たちは幸運にも感謝した。

舅が長生きしてくれ、私の手助けをしてくれる優しい付き添いの人がいなかったら、こういう最期を迎えることはできない。そのおかげで、舅はボロ家だが自分が住み馴れた家で子供達とヨメさんに囲まれて明るい朝に旅立つことができた。

『昼寝するお化け』 小学館

痛みを伴わない病気の辛さ

三十代の終わりに七、八年かかった不眠症になった時も、私は家族の者以外にはそんな感じを与えなかった。隠していたのではない。ただ私の中に「自分の子供と自分の病気は、他人が自分ほど関心を持ってくれない最たるものである」という思いがあって、こういう理性だけは、どんな不眠症の時でも衰えなかった。私の場合、信仰は不眠や鬱的な状態を治すのに役立たなかったが、理性は生きていた。

その当時の私は、客観的には重症ではなかったと思うが、実感としてはかなり辛かった。朝眼が覚めるともう、今晩は睡眠薬を幾粒飲んで寝ようかと考えている。私は夜はハイミナールを飲み、朝起きると体に残っている睡眠薬の影響を取るために、リタリンを飲んで仕事をした。当時はそういう薬が自由に買えたのである。

いわゆる精神病は、痛みも何も伴わないのだから、大したことはないでしょう、という人がいるが、私は精神を病むことの辛さがよくわかった。肉体の病気なら、完治してはいなくても、熱の引いた時や痛みが和らいだ時に、短時間にせよ、健康な感覚を持てる。しかし心が病むと（私の場合は）時間が静止するという感覚がすべてを支配するので、回復の希望もなければ、目標としての回復の実感もないのである。

その頃、私は少し精神分析学の本を読んだ。系統だててではないが、夫が私に読ませたのである。重病ではなかった証拠には、私はそういう本が読めたし、それによって治らなくてはとも思えたのである。また、私には自分の病気を重く見るのは恥ずかしいという例の自制心だか理性だかが残っていたので、私は家族への義務としてそれらの本を読み、少しずつ状態を逸していった。

『永遠の前の一瞬』　新潮文庫

人間の精神と肉体との関係

人間の精神と肉体との関係が、この頃、私にはますます不気味に思え始めた。私は長い間素朴に、人間の精神が、たとえば道徳観とか、信仰とかによって、変えられ、強められることが必ずできると信じたり、たとえば戦争というような一つの社会的状況の中にあっては、肉体は死なない限りその制約を逃れることはできないが、精神はひそかに自由を保ち得る、というような形で希望を託したりしていたのだった。

しかし考えてみると、肉体こそ逆に個を保ち得ることはあっても、精神の部分は、必ず恐ろしいほど、他の精神や物理的な力に動かされずにいられないことがわかるようになった。

私の母に、鬱病的症状が出だしたのはもう七年くらい前のことで、それは軽い脳軟化の発作とほぼ時を同じくして現われた。私はそれをきっかけに、動脈硬化症に関する本を読み、動脈硬化が非常にしばしば鬱病的症状を伴うものだということを知った。

しかしそう考えてしまうことは、また簡単すぎることで、私が母に非常に緩慢な手段ではあったがはっきりと自殺の道づれになることを強いられたのは小学校の高学年の時であったから、それは母の性格なのかもしれない。それとも私は母が三十を過ぎてから生まれた子供であるから、もうその頃から、母には動脈硬化があったといえるのだろうか。

母の鬱病的な症状が出だした頃を見てみると、私はまた、一種の自責の念にとらわれる。母の鬱病は、私の不眠症の最も悪かった三年間が終わりかけの時に始まった計算になる。私は母を精神的にふり捨てることで、自分が窮地を脱したような感じがする。

暗い精神の荒廃とうらはらに、そのような時、人間は何と優しく、他人に対しては瞬間的に愛想よくなれることか。一時、私は機嫌のいい人、賑やかな人を見ると、全部、あ、この人は不眠だな、鬱病だな、と反射的に思うようになった。

恐らく光化学スモッグで倒れる子供たちは、人一倍、心身の感受性が強く、労りの感情の強い子なのだろう。光化学スモッグが原因か心因性パラノイヤか、素人の私には断ずる方法はないが、それを分けることはできないような気もする。

不眠の最中に、ある日覚悟を決めて、ある強い薬をたくさん飲む。その瞬間の幸福感ほど、確実で純粋なものを、私はまだ他に体験したことがない。薬物がすなわち幸福そのものであるなどということを、私はそれまで信じられなかった。恋愛が成就した時、大金が入った時、勲章を貰う時、そのような喜びなどは恐らく、もっと冗長で雑駁なものだろうと思う。

ソ連では、人間の脳に薬を入れて思想改造をする実験が行われた、という。これは客観の悲劇とでもいうべきもので、変えられた当人は（もし本当に改造が成功したならば）全く確信に満ちているだけで悲しくはない筈である。

今までこの世で問題になってきたのは、主観の悲劇をいかに解決するか、ということばかりであった。当人が苦しいと訴えることをどうしたら取り除いてやれるか、という点であった。
しかし人間はいったい、どの程度まで、自分の精神を自ら支配しているかということになると、私自身は今では全くわからなくなっている。

『永遠の前の一瞬』　新潮文庫

日々を機嫌よく楽しく暮らす効用

とにかく日々を機嫌よく楽しく暮らすというのは、それだけで大きな徳の持ち主と言える。日本によくいるのだが、終生、家では仏頂面をしていて、妻の仕事のことなど眼中にないいばった夫というのは、それだけで人生の成功者ではない。なぜなら、妻一人にさえ幸福を与えられなかった人が成功者であるわけはないのだ。

私は最近、それを殊にはっきりと感じるようになって来た。子供の時の私の家庭は暗かったが、今の家庭は風通しだけはまちがいなくいい。それでも時々、誰かの健康状態が悪いと、（私をも含めて）その人が不思議な顔をする。むずかしいことだが、できたら病気の時でも嘘をついて明るい顔をしているのが老年の義務だとさえ思うことがある。

『人間関係』新潮新書

病気が教えてくれること

「あの人、昔は、かなり勝気で、感じの悪い人だったのよ。それがご主人が胃潰瘍から癌になったの。やっぱり仕事が過労だったのね。それで胃を全部とって、うまい具合に全快したの。

その間に、いわゆる出世競争からは完全に脱落よね。だけど、その時、彼女、人間がよくなったのよ。どれが大切で、どれが大切でないかが、よくわかったんだと思うの。その頃、私、久しぶりに彼女に出会って、前とはうって変わって魅力的な人になってるんで、びっくりしたの。一皮むけたっていうか、人間が柔らかくなっててね」

『残照に立つ』 文春文庫

苦悩は人を深めていく

しかしこんな苦しみの中でも、自分たちは、気持ちのいい家に住み、暑くも寒くもない清潔な暮らしをしている。食べるためや治療を受けるための費用も一応心配する必要がない。治療の方途も、家族が心を一つにして病気の回復を願う温かさも持ち合わせている。しかしもし、病気を抱えながら、濡れずに生きられる家や、薬や、お金がなかったら、耐えて生きることはどんなに辛いだろう、とその母は思うのである。

悲しさが傍への深い思いやりに変わる姿を私はまざまざと見せつけられたのである。苦しみが人を深め高める、などという言い方を、「その苦悩」を持っていない人間にはいう資格がないのかもしれない。しかし何はともあれ、苦悩は人を深めて行く。

『神さま、それをお望みですか』　文藝春秋

「自分の病気の話」は人困らせ

私は世間の中年以後の女性たちが、数人集まればすぐ病気の話をするのが好きではなかった。私の母を見ていてもそうだったが、病状があるなら、その「不都合」を解消するために、必死になるというのでもない。あるいは、年を取れば根本的には治らないのだから、諦めて日々を楽しく過ごすようにするというのでもない。

友達と集まればあそこが痛いここが痛い、どこの医者がいい、というような話を延々とし続けて、傷をなめ合っている。

それで心理的に苦痛が解消されているのなら、それもいいのかもしれないが、私に言わせれば、個人にとって大切でも、他人にとっては全く興味のない話というものも世間にはあるのだ。

その筆頭が病気の話である。

その他に、孫、ゴルフ、犬などのペットの話題もある。それに気がつかない女性（主に）の話題というものは、ほんとうは人困らせなのだ。

『人間にとって成熟とは何か』幻冬舎新書

どんな心根のよい人でも病気になる

しかしどんなに心根のよい人でも、病気になる。

実はその時が人間の真剣勝負なのである。

病気をただの災難と考えるか、その中から学ぶ機会とするかは、その人の気力次第である。

『悲しくて明るい場所』光文社文庫

治らない苦痛や悲しみをどう受け止めるか

人生の後半に、多分治癒は難しいと思われる病気に直面したら、その病気をどう受け止めるかを、最後のテーマ、目的にしたらいいのだ。

もちろん、これはきれいごとで済む操作ではない。

途中で愚痴も言うだろうし、早く死んでしまいたいという思いになる可能性もあるだろう。

しかし苦痛や悲しみをどう受け止めるかということは、一つの立派な芸術だ。そしてそれを如何に達成するかは、死ぬまでなくならない、偉大な目的になるのである。

『人間にとって成熟とは何か』　幻冬舎新書

二つの死に至る病気

長寿になった日本人は、脳血管障害か、癌かどちらかで死ぬ率が増えてきた。しかしこの二つの病気は、患者から見た症状が正反対と言っていいほど違う。癌は最後まで精神機能が衰えることが少ないから、痛みか行動の不自由がない限り、病気のためにしていけないことは何もないと言われる。登山をしたければ続ければいいし、私の知人の法医学者のように、死の二週間前まで実験室に通って普通の仕事を続けた人もいる。

しかし脳血管障害は違う。脳血管障害は一度でも起きたら、もう以前と同じ精神的肉体的レベルを保てない。

もちろん最近の医学は信じられないほどの機能復帰を可能にしたから、そのためにも患者は、仕事をでなく、闘病を最優先にしなければならない。

その場合、社会的に見て、大きな組織で責任を伴う地位にいる脳血管障害の患者の家族にも、一つの義務が発生する。シャロン氏の場合は、医師団が、彼の政治的生命は終わった、と断言した。しかし日本ではそのような「冷たいことはできない」と思われているのか、家族から辞任を言い出すケースも少ない。会長、理事、評議員、相談役、顧問などと言ったポストでもその人の思考能力が衰えるような病気をしたら、家族が三十日以内には、すべての役職を引かせるような手続きをして当然だ。

それをしない例が多いので、困惑している組織は多いのである。

『平和とは非凡な幸運』 講談社

少しも深刻ではない病気になる効用

ここのところ、帯状疱疹という見場が悪いだけで少しも深刻ではない病気にかかったので、原稿が遅れている。

帯状疱疹は体の左右どちらかに発赤ができ、それが潰瘍になる。顔にできた場合は半面が腫れ上がり、膿が出て崩れ、見た人はびっくりする。芝居に出てくるお岩さんは、間違いなくこの帯状疱疹だったはずだ。

私の帯状疱疹は発疹が出たのが体幹の部分だから、外には見えない。

しかし痛みは人並みだったから、ずっと鎮痛剤を飲み続けて、私風に言うと「ヤクが効いている状態」だ。その結果、明らかに注意散漫になっている。

つくづく私の商売は「いい加減な」ことを書いていてもなんとか許される仕事でよかったと思う。宇宙ロケットを揚げるというような精密な仕事だったら、一私人の不注意のために、ロケット一台が落ちることにもなりかねない。

人間、楽にしかも誠実に生涯を生きようと思ったら、返す返すも重要な職務に就かないことだ。

『昼寝するお化け』週刊ポスト

私の札付きな眼について

私の眼は幼い時から「札付き」だった。生まれつきの強度の近視の眼に、中年にはさまざまな故障が出た。その頃かかった一人の眼科医は「あなたの眼は蝋燭と同じだから、その使い方を自分でお決めなさい。今すぐどんどん使うのも一つのやり方ですが、長持ちさせるため細々と使うのも、一つの選択です」と言った。実はその前から私は、視力を完全に失う時を覚悟していて、失明後だれかに再び読んでもらう時、もう一度読みたかった場所を簡単に見つけ出せるように赤線を引く習慣をつけ出したのである。

最近よく感じることだが、不運や不幸を予測できるということは人間にとって一つの才能である。楽天的で明るく生きられるのも、確かに才能だが、暗い未来を予想できるのも、それなりの特異な才能なのである。

悪いことを予想できなければ、あらゆる危険に対処できない。防災も、探検も、国防も、金融も、老人対策も、交通事故防止も、何一つできない。だから私たちは明るい未来を決して見失わない人の存在によっても救われているが、生まれつき暗い未来しか考えられない性格もまた、社会に非常に役立っている。その面を見逃さないことが大事だ。

『人生の醍醐味』　扶桑社

過ぎて行く時間を賢く使う

　結婚、家庭、健康、病気、老年、死などというものは、誰にとっても永遠の問題である。自分だけが困難を抱えている、と思うほうもおかしいが、私たちにとっては、政治や経済の危機より大きく感じられるものである。そしてまたその難しさを解決する方法は、現在もないし、将来もあるわけがない、とも思う。
　しかしそれにもかかわらず、救いというものがなくはない。それは過ぎて行く時間を、それなりに賢く使うことである。この一刻が耐えられ、できたら楽しいものであり、さらに目的を持つものであるならば、その連続である一生は決して惨めなものではないはずだ。

『人は最後の日でさえやり直せる』　ＰＨＰ文庫　まえがき

第 5 章

心の病いとの
上手な付き合い方

精神の弱さとどう付き合えばよいか

私は長い間、自分の精神の弱さと付き合い戦って来た。肉体の大病を避けることができない場合もあるように、精神の病気も避けがたいことがある、と思う。

しかし体の鍛練がいわれるわりには、精神の鍛錬は問題にされることがない。また風邪をひいた時には、私たち素人はドクターに行くまでに売薬から民間療法までさまざまな治療を試みるものだが、精神の病状に対しては、人々は無知でもあり、風邪をひいたら熱いレモネードや卵酒を飲むという程度のコントロールさえ自分でするということがない。これは明らかに教育の不足である。

例えば、緑内障などになると、「ストレスがあると眼圧が上がりますから、ストレスを避ける生活をしなさい」などと患者は命じられる。

しかし自分の眼がもしかするとダメになるかもしれない時に、ストレスを感じないでいなさいという方が異常であり、非人間的である。ストレスはストレスとしてじっくりと受け止めて、どうしたらそれを適当に発散できるかが問題なのである。

それには、人間が自分の心の状態や、人間の知恵には自ずから限度があるということなどを、客観的に分析しつつ、しかし認識することを避けない癖を小さい時からつけることである。

人間は怒ることもあるのだが、その時「ああ自分は今、自尊心を傷つけられたから怒っているのだな」と自覚できれば、それだけでずっと楽になるように思う。

『永遠の前の一瞬』新潮文庫

不眠症が私に教えてくれたこと

不眠症とのタタカイは、私にさまざまのことを教えてくれた。その一つは、心とからだの使い方のバランスをとることで、人間はどちらも適度に疲れていなければならないのに、私は昔、体を使わずに、心だけ、めちゃくちゃに参っていたのである。

これは、小説書きなどという特殊な仕事をする人間の職業病かと思っていたが、昨今、あちこち見回してみると、家庭婦人の中にも私たちと同様の不健康な状態におかれている人が多い。

『永遠の前の一瞬』新潮文庫

なぜ私は眠れなくなったのか

プロの作家なら「いい作品」を書かねばという思いで、次第に心理的に圧迫されるようになりました。

「いい作品」って何だかわからないけれど、それを期日までに書かねばというストレスが蓄積され、不眠症が始まったのです。

締め切りまでに自分で納得できる範囲の作品ができないかもしれない、という心配がいつもあった。

三十代になると、不眠症が高じて異常な感覚が始まりました。皮膚の上に神経が杭のようにむき出しに出ているような感じ。風でも音でも、すべてが神経の杭にひっかかるような感覚。うつ病なんでしょうね。

その頃は、夜は睡眠剤を飲み、朝は覚醒作用のある薬を飲んでいました。当時、市販で売っている薬があったんです。朝、覚醒剤を飲むんですから、夜、眠れるわけはないですね。そんなこともわからないバカだったんです。そうした生活が三十六歳くらいまで続きました。

息子にとっては、同じ家の中に父親も祖母もいたし、誰もご飯を作ってくれないということはなかったけれど、母親の私は書くだけで精いっぱいになってしまっている。息子は可哀想に心を痛めていたと思います。

どうして私は不眠症を治したのか

私の不眠症は結局治るまでに八年くらいかかった。どうして治しましたか、と聞く人がいるが、風邪ではないのだから、この薬が効きましたということはない。

私はできるだけ体を動かし、寝る前に少しお酒を飲む癖をつけた。それからできるだけ、外界に不誠実になることを心掛けた。

つまりずっこけることを学んだのである。学ばなくったってそうじゃない？という人もいるが、私は小心者だから、誠実風に生きていたのである。

三浦朱門が子供の時から、精神分析の本をよく読んでおり、私がどんなことを言っても、医者が患者の訴えを聞くように、感情なしに分析してくれたのも、私にとって最高の救いであった。

私自身も自分を治すために、精神分析の本を読んだ。というと再び読者から、何という本を読んだらいいでしょう、と聞かれる。しかしそれにも答えはないのである。本屋に行って、そういう本の並んでいる棚を探し、自分が理解できそうな範囲の本を、私は自分で選んだ。多分、それでいいのである。

『悲しくて明るい場所』光文社

健康ほど楽なものはない

三十歳になる直前に、私は軽い鬱病になったが、その時、健康ほど楽なものはない、と思い知った。

いいものというより、楽なものだとわかったのである。健康には基準がない。しかし自分の病変は辛く、健康になると楽になる。

病気をしない人はいないから、正常と病気の間を、心と体がさまよい歩くのが人生なのだろう。そこに危うさと救いもある。

『人間にとって病いとは何か』　幻冬舎新書

トラウマは治せるのか

最近、トラウマを癒すために社会や周囲が傷ついた人に力を貸すということが考えられるようになった。初め私はその「配慮」に感心した。

昔は悲しいことがあると、私たちは人に隠れて泣いていた。気がついた周囲の素朴な人々が、ちょっとした甘いものや握り飯をくれて「頑張って生きるんだよ」と言ってくれる程度だった。

しかしトラウマを治すアフター・ケアーがあるというなら、もっと技術的にも巧みな方法があるのかもしれない。昔、風邪を引いても漢方薬の熱冷まししかなかった時代と違って、近代的な特効薬があるのだろうか、という気もしたのである。アフター・ケアーが一般化すると、人々は誰かが面倒を見てくれるだろう、と決めてかかるようになった。慰め手がないのは、社会や周囲が冷たいからだ、と考える。

しかしそんなものは、ほんとうはないのだ。

昔、小学生の私が、母の道連れになって自殺未遂にまきこまれそうになった時、私はあらゆる知恵を絞って、生き延びようとした。もちろん、私はどこかに誰か助けてくれる人や組織がないかと考えた。

しかしどこにも助けてくれそうな人はいなかった。ほんとうに「どこにも」いなかった。

その状況は今でも全く同じだろう、と思っている。

その結果、私は一人でノラ犬のように自分の傷をなめた。かっこ悪い方法だったが、どうにか生きてこられた時、私は一人で生きられたという微かな矜持を得た。決して「自分を褒めてやりたい」とは思わなかったが、内心秘かに「運がよかったなあ。助かったなあ」とほっとしていた。

それは私にとっては、重く痛い日々だったが、その程度のことは市井の一隅の、「人さまにお話もできないような」ありふれた悲劇として、そのことを考えられるようになっていた。

今私がそのことを書くのは、それが大した体験ではなく、くだらない体験だから、かえって「ああ、私も同じだった」と安心してくれる人もいるかもしれない、と思うからだ。

人は「持って生まれた体質」から逃げられない

世の中には鬱の人が多い。

昔の人は神経衰弱などと言い、或る人はそれを、当人の我がまま病だと思い、体が弱ると心も弱るのだと考えている人もいた。人間がなぜ鬱になるのか、今でも完全に医学的には理由づけられていないのではないかと思う。

「持って生まれた体質」という表現は極めていい加減なもので、それに左右されてはいけないと思うが、完全にその制約から逃れることはできない、と私も思う。あくまで素人の考えだが、血圧の高い人は元気で、世間のことも前向きに考えられる。いつも向上心に満ちているのである。

『人間にとって病いとは何か』　幻冬舎新書

最初からいい評判を取らない効用

ストレスを受けて病気になる人が、今の時代にもなくならない、という。

もちろん一概に、ストレスの原因を決めるわけにはいかないけれど、私は昔から、マラソンと同じでトップに立つ人はさぞかし風当たりが強く、その辛さが胃にきたり血圧の変調になったりするのではないか、と思っていた。

私が昔からいつの間にかやり続けて、割と楽なストレス処理法だと思うのは、最初からいい評判を取らないことである（ほんとうは「取らない」のではない、「取れない」のだが、この際そういう正確さはどちらでもいいことにしよう。厳密でありすぎることもまた、ストレスの原因だから）。

人はどういう生き方をするかなかなかむずかしい。私の実感では、人から一度褒められるようになったら後が大変だ、という気がする。よく気がつく人だ、などと一度でも思われようものなら、ずっとそういう献身的な態度を要求される。あの人は人付き合いのいい方で、などと言われたが最後、あらゆるところからお誘いがかかり、お返しでまた呼ばねばならず、本を読む暇もなく、ずっとパーティーを開き続けていかなければならないのだ。

ことに地方の、伝統的な空気の強い閉鎖社会では、評判が人生を決めてしまうことさえある。

だから最初からわざと、あの人は役立たずだ、気がきかない、態度が悪い、神経が荒い、親切でない、ということにしておくと、当人はそれほど気張らなくても済むのである。ここがおもしろいところだ。

ことにいいことは、そういういささか悪評のある人がちょっとでもいいことをすると、それは意外な効果を生むということである。

もともと気がきくと思われている人なら、して当たり前のようなことを、気のきかないとされている人がすれば、「あの人も意外と考えているのね」と褒められ、普段から親切だと思われている人なら当然とされているようなことでも、不親切だという評判を取っている男がちょっと気配りを見せると「あの男も、時には味なことをやるもんだね」と大受けである。

悪評に馴れておけば、少々の悪口に深く傷つくなどということもない。時々まじめ一方の人が、部下の犯した失策まで気に病んで、突然飛び込み自殺などしてしまうことがあるが、それは若い時から人生の生き方の作戦を誤ったのである。

つまりあまりにも単純に優等生的な道を選ぶということは、多分それだけで優等生でない証拠なのである。

要は自分流に不器用に生きることである。自分流でなく、他人流に生きようとする人が多すぎるからストレスが起きる。

『人生の後片づけ』　河出書房新書

病気は主観がつくる

夫は言った。

「不眠になったことがない女房なんて、おかしいんだよ」

私はこのごろ、健康というものは、客観でなく、主観だという気がして来た。主観的に病気だという妻と、たとえ少々側から見ておかしくても、主観的には健康だと思い込んでいる私のようなタイプの女房とがいるだけである。どちらが困った存在か、それは私にはわからない。何によらず病気は自覚があった方がいいというなら、意識のない私の方が重症かもしれない。しかしいずれにせよ、結婚は、配偶者の病気をも引き受けることだ、ということは改めて言えそうである。

『夫婦という同伴者』　青志社

元気になったとき私が思うこと

私は長い間、不眠症になり、その挙句に、夫に連れられて神経科のお医者さまのところへ行ったこともあった。私はものを喋れなくなっていた。何か言ったり説明したりしようとする前に、答えが十にも二十にも分裂し、その又裏が見えるように思えて、私は黙り込むのだった。

私は弱い妻であった。私はことに人間関係の重圧にすぐへこたれる。私は、夫も子供も捨ててどこかへ消えたいと思った。

しかし、そのとき、私は夫と息子に支えられ、最低のところ二人だけのために、明るいのんきな女になっていなければならない、と考えた。偉くなくてもいい。平凡な女房であり、母であればいい。

私は数か年かかって、元へ戻った。私はときどき激しく泣いたが、その他はさけびも、暴れもしなかった。そして私は又、再び健康になった。友人の女医さんが、私に睡眠薬の代わりに飲みなさいと言って、甘い葡萄酒を持ってきてくれた。こういう親切な友人たちの好意に報いるためにも、私は平凡な状態に戻らなければならない。

私は元気になった。そこには他人にほめてもらえるような華々しい、英雄的な闘いがあった訳でもない。その結果が偉大なことだったというのでもない。しかし、息子は母親が元気になってほっとしている。夫は何も言わないが、私と一緒に酒を飲み、運動をしようとしてくれる。

私は再び凡庸こそ限りなく普遍的で美しいと思うのだ。

『誰のために愛するか』　祥伝社

笑いで免疫力も高まる

ずっと以前、私の知人が緑内障にかかった時、私は初めて真剣にその病気について知ろうとした。緑内障はストレスによって引き起こされることが多いという。それなのに、その人の主治医は「再発すると困りますからね。ストレスを起さないように生活してくださいと言ったというので、私の友人は怒っていた。

「そういうこと自体が、最悪のストレスの種じゃないの」

人の病気の時に申しわけないことだったが、私はその言葉に笑いだした。医者は病気を治す巧者ではない、と思ったのである。

ほんとうは世の中というものは、何をどう言っても、事実は全く変わらないことばかりなのである。女性に対してブスと言えば、それは言った当人の品性も上等ではない証拠だし、言われた当人も傷つくのが普通だが、その人自身の美醜は、誰が何と言っても、現実は同じである。ただ美醜の問題は、見る人が相手に対して持つ意識によって大きな差がつくという不思議なものである。心根のいい人だなあ、と思っていると、間違いなくきれいな人に見えて来るのである。

それならば、むしろやや意図的に不真面目な態度、無責任で突き詰めない思考、全てに柔らかい手応えで時間をやり過ごして生きる方法、などを習得する方が、緑内障に罹らず、人生を笑って過ごせる粋な生き方だということになるのである。

いずれにせよ、生活はやってみる他はない。どんな秀才といえども、完全な先見の明があるわけではないだろう。むしろ人生のおもしろさは、やってみると科学の実験とは違った結果が出る、その経過の不思議さに感嘆することだと思う。

昔の日本人は、真面目人間ばかりが評価されていて、日常生活の中の笑いなどというものは、あまり高級な行為ではない、と思われていたような気がする。

しかし最近では、笑いは百薬の長で、免疫力まで高まるという医学的な検査の結果が出たというから、私は喜んでいる。

『必ず柔らかな明日は来る』徳間書店　まえがき

鬱病を抜け出した私のやり方

人によって病気の重さも治り方も違うのだから、素人が簡単に言っていいことではないのだが、私の場合はむりやりに体を動かして、疲労させることが実に有効だった。今は当時よりもっと体を動かさなくてすむようになったから、むしろ気の毒なのである。

鬱病時代の私は、書斎だけにいる作家生活をしないようにした。毎日料理をしたり、畑に出たり、ボヤキながら雑事をおもしろがることにした。さらに書斎を出て、危険な土地にも行くようになった。

書斎で得る本の知識は一応完成品である。出て行って得た知識は生の素材だから、どんな風にも自分で料理できる。というより処理しなければ使えないのである。

それ以来、私は、書くことがなくなったことはない。絶えず書くことがあるのは、私に才能があるからではなく、私が外に出て行って否応なく、知識、生活、現実などの片々を拾わざるをえなかったからだろう。そのために私は時間もお金も使い、安全第一で暮らさなかったのだから、当然の結果だとも思う。

今私は読書が楽しくて仕方がない。

十代に読んだ小説を初めて読むような発見と感動で読んでいる。作家が誰でも、人間的である、ということは、雑然としていることであろう。

書斎と外界、体験と読書、強さと弱さ、純と不純、その双方がないと、いい意味でも悪い意味でも人間らしくなれない。

『生きるための闘い』 小学館

第 6 章

死の直前まで
やるべきこと

「私」はいつ死ぬのか

私の友達にも何人か、脳死段階において臓器の提供をしたいというのがいる。脳死段階において臓器を提供することに反対の人々は、自分の生命を主に肉体が生物学的に生きることにおいて考えているようである。しかし私の知人・友人たちは、その生の条件を、今までの自分とほぼ同じ精神の状態で生きることだ、と考えている。もちろん年をとれば、若い時は健脚だった人も歩けなくなり、記憶していたものもわからなくなる。しかしその人なりに「私」は、私らしい精神の反応を充分に示す個体であるはずだ。ただ無意識に呼吸を続けているだけが生きることであり、それを何とかして継続することが人権だ、などと、少なくとも私の場合は全く思えないのである。肉体の生、と、精神の生、は別ものとして存在している。

私は自分が今の自分と大きく変わった精神状態で生き続けるのがいやなので

ある。そうでない人もいて構わないが、それが私の好みの結果の選択なのである。今の自分がすばらしいと思っているからではない。誰もが七癖どころか七十癖くらいあって、たいていの家族はそれをおもしろがっているが、時々はそれに困らされてもいる。しかしとにかくそれが「私」なのだ。脳死状態のまま生きていても、或いはベッドから立ち上がって生き延びても（脳死からそういう状態にまで回復した例があるのかどうか私にはわからないが）脳波がかなり長い間フラットになった後で、「元通り」の能力と性格を取り戻すことは有り得ないだろう。自分が変化していたら、その状態で生きていたくはない、と考える人もいるのである。その変化が起きたのが脳死段階なら、その時点を自分の死と納得して、お役に立つなら臓器をさし上げる、という発想になるのだ。

私は自分の母が、或る日を境にして、脳軟化症で生きながら屍のようになるのを見た。母はどこも苦しくない、と言いながら、何もせず、何も喋らず、夕方になっても、自分からは決して電気をつけずに夕闇の中に坐っていた。私は生きながら死んだ母の形骸と暮らすことになった。もちろん私は素朴にその状態に脅え、二十一日間毎日脳に酸素を送るという注射に連れて行ったりした。母は少しよくなったが、もう二度と再び元には戻らなかった。私は生きている母の亡骸に馴れるまでに半年かかった。それまでの母は私を庇眼してくれる母であり、癖の多い人ではあったが、何でも闊達に自分自身の見方をする、輝いていた人だったのである。

脳死状態は、最近の医学の進歩によって可能になった「擬似生」である。スパゲッティみたいな管をつけていなければ呼吸さえできず意識もない生を、私は他者の場合は文句なく大切にするが、自分の場合は拒否したい。

だから人工呼吸器他、管をいっぱいつけられて生きるようになり、そのスパゲッティ状態からの回復・脱出のきざしが望めないと見極められた時には、自然死を迎えるために管を取って、昔ながらの自然の結末を迎えさせてほしい、と願う人は私の外にもいないではないだろう。その際、自分の臓器がお役に立つなら、こんなにすばらしいことはない、と考えるのがそんなに非常識なことなのだろうか。

『部族虐殺』　新潮社

死の直前まで、人がやるべきこと

人間は、死の直前まで、自分を管理すべきだと私は思っている。別に偉いことをしなさい、というのではない。徐々に衰え、最後には、口もきかず、食欲も失い、ただ時間が死に向かって経って行くようになることは、自然だ。しかしどんな場合でも、できれば人は他人に迷惑をかけず、密かに静かに、死ぬという仕事を果たしたらいいと思うのである。

自然にそのような状態に移行するためには、却って日々刻々目標がいる。つまり馬が鼻先のニンジンを食べようとする、あの行動だ。少なくとも私はそうである。私はいつも分単位か時間単位か、その日一日単位かで、目標を決めることにしている。それが道徳的にいいと思っているのではない。その方が楽だからだ。漠然と時の流れに身を任せるということが、人間が小さいので、できないのである。

それは次のような感じで行われる。この飲みさしの湯飲みを流しで洗ったら、次に空になっている薬罐に水を満たしておこう。これが分単位の目標である。次に溜まった新聞を読み、古新聞として溜めてある場所に捨てる。それから畑に出て百合の花を切り、家中の花瓶の水を換え、朽ちた花を始末して活け直す。これが大体、次の時間単位くらいの目標だ。

ほんとうにこうした計画がないと、私は暮らせない。行動が支離滅裂になって、何をしているのかわからなくなる。だからこうして計画的に家事もするのは、他人のためではない。自分のためなのである。

人の中にはいきなり死を迎える人がいる。若い時の突然死や、まだもっと生きるつもりでいた人の急死である。しかし多くの人は、予兆の中で何年かは生きる。次第次第に運動能力が弱まり、疲れ易くなって多くの仕事ができなくなる。

私が最近、お風呂に入ってから寝仕度をする時、「今日はお風呂をさぼろうかなあ」と思う日があるようになったのは、まさに加齢のせいなのである。しかしその時、放っておけば、私はすぐ入浴をさぼり、ついでに寝間着に着換えることとさえ、さぼるようになるのではないか、と思う瞬間がある。だから仕方なく私は自分に抗うように目標を立てる。

なぜ目標を立てるか、というと、その方が私は静かに暮らせるからである。静かに、というのは、乱れず目立たずに生きてやがて死を迎えるためだ。私は晩年の目標を、できたらひっそりと生きることにおきたい、という点にかなり心を惹かれているのをこの頃しみじみと感じる。

『誰にも死ぬという任務がある』　徳間文庫

人間は死すべきもの

最近では「年寄りになる以前に、死ななければならない人」は例外になった。私の父母も、夫も、夫の両親も、皆八十歳を過ぎてからの死である。

楽な死というものはこの世にないかもしれないが、彼らは一人一人どうやら乗り切れる範囲の病苦の元に息を引き取った。その理由は、長寿だったように私は思う。

長寿というものは、充分に熟れた果実の運命のように見える。枝を離れる時に抵抗がないのである。

我が家にも樹齢百年は超している柿の木があるが、熟した柿が落ちる時には地面が呼んでいるように見える。だから柿の実も喜んで落ちる。そこには何ら抵抗がない。実が地面でつぶれている時、実と大地は合体するのを喜んでいるようにさえ見える。

だから私たちは、人間が皆長寿を生き、柿の実と大地との合体のように自然に死ぬことを望んでいる。

しかし現世は、必ずしも望み通りには行かない。人間社会のさまざまな機能が、人間に長寿といわれるものを全うさせない。

戦争を肯定するわけではないが、決して望まなかった戦争でも、人間は誰もが無残に死んだわけでもなかった。

今この平和な時代を生きてみると、そのことがよくわかる。私たちの多くは、死を意識せず、死から学ぼうともせず、死ぬまでに愛を示すこともなく、死ぬまでの時間を有効に使おうとも考えず生きている。そして悔やみもせずに人間の持ち時間を終えるのである。

私はカトリックの学校に入れられたのだが、その私立学校の偉大さは、子供の頃から私たちに「死」を教えたことであった。

『奇蹟』文春文庫

自然で優しい人間関係

私たちは相手を完全に理解することなく付き合い、心の奥底までをわからないままに死んでいく。その虚しさを、私は最近、自然で優しい関係だと思うようになったのだ。

友達と付き合う時、だから、深く相手のことを考えず、相手の望むことだけをしようと思う。そして最期まで相手を深く恨んだり、相手の迷惑も考えずに深く愛したりせず、静かに無言で死んで別れていきたいと思う。

それができれば、多分私の生涯は、成功だったのではないかとさえ思うのである。

『人生の後片づけ』 河出書房新書

鮭のように死ぬほかはない

鮭は、必死で川を遡り、傷つき疲れ果てながら、最後の地点に辿り着き、そこで子を産み終えると、一匹残らず屍を重ねるようにして死ぬ。

しかし考えてみれば人間も同じであった。そのような残酷な運命に殉じる以外の生き方はなさそうだった。

生きた証を残したいとか、自分の生涯を華やかな思い出で飾っておきたいとか、何のたわごとであろう。人間も鮭のように死ぬほかはないではないか。河床に卵を生みつけることを、その生の最終目標とし、或いはまだ産卵地点まで辿りつかないうちにラクーンや熊に襲われて死ぬ鮭をも含めて、魚と人間はとりもなおさず、すべてが、温かく平等に、そして例外なく、決められた死の道を辿る。

『夫婦という同伴者』　青志社

動物になくて人間だけにあること

動物は苦痛に苦しむことはありますが、どうして死の予兆に怯えたり、別離の予感に泣いたりするものでしょう。それらはどれも、人間にしかない能力です。ですから、本当に人間的な人にとって、むしろこの世は常に悲しみと不安の場である、死の可能性を日常的に感じているはずの場所なのです。私たちは生を通しても共通なものも持ち得ますが、なによりも確実に平等になれるのは、めいめいが一つずつの確実な死を持っているという現実です。そしてルルドの光景は、その共通の運命を逃げることなく正視し、それゆえに、さしあたり死の迫っている人にも、過剰な労りを見せることもなく、しかしその最期に近い人が、できるだけ、希望がかなえられるという形で尊厳に満ちた死を迎えられるように配慮されています。

『旅立ちの朝に』　新潮文庫

適当なところで、人生を切り上げたい

途方もない手厚い看護のためにお金と人手も掛けてまで老年を長く生き延びることを、私は少しも望んでいない。適当なところで切り上げるのが、私の希望だ。

しかしそれをどの点で切るか、ということは誰にも言えない。医師も無理だろうし、厚生労働省が規則や数値で出せるものでもない。それは責任を持って、当人と、当人を愛していた家族が決めればいいのである。そしてその結果を病院の責任にしたり、すぐ法的な裁判に持ち込まないような社会風土を作るより仕方がないのである。

『人生の第四楽章としての死』　徳間書店

部分的な死の予感

私はしかし、歯に衣を着せることなく、本当のことを言うことにします。私は改めて、盲目というものが、人間の部分的な死であると思いました。しかし盲目だけではありません。

年をとること自体、あるいは頭の働きが惚けることもまた、確実に部分的な死であることはもう書いたと思います。そのほか、すべての感覚や他の機能の欠損や衰えは、総て死への準備であり緩慢な移行なのでしょう。

少なくとも私くらいの年になったらそれを体験していない人は、もういないのではないかと思います。しかし、その中でも、特に盲目は厳しい死への予感です。

『旅立ちの朝に』新潮文庫

死に易くする二つの方法

死がなければ、木も風も、星も砂漠も、あんなに輝いているとは思えないだろう。永遠に生きるという運命がもしあるとしたら、それは恩恵ではなく、これ以上ないほどの重い刑罰だ。

ほどほどのところで切り上げられるのが死の優しさである。その時期はまあ、自分ではない誰かが決めてくれるのだから、これまた無責任で楽なものだ。

前にも書いたけれど、死に易くする方法は二つある。一つは毎日毎日、楽しかったこと、笑えたことをよくよく覚えておくことだ。

私の家庭は自嘲を含めてよく笑っているから、種には事欠かない。もう一つは、正反対の操作になるが、辛かったこともよくよく覚えておくことだ。

死ねば嫌なことからも逃れられる。もう他人に迷惑をかけることもない。私が他人に与えた傷も、私の存在が消えると共に少しは痛みが減るだろう。考えてみるといいことづくめだ。
　こんなふうにずっと思い続けているのだが、だからといって決して悟ったと思えたことなどないのである。

『それぞれの山頂物語』講談社

体の不自由さとはどういうことか

二〇〇六年の足の骨折以来、私は一時的に身障者になって、体の不自由とはいかなることかを実感した。負け惜しみではなく、これは私にとって、一つの貴重な贈り物であった。

別に今まで「御身ご大切」に過ごして来たのではない。仕事上、数十回、途上国の奥地に入ったこともあるのだが、コレラに罹ったこともなく、マラリアを発症したこともなかった。コレラは、日本で患者が出れば大騒ぎだろうが、途上国では、いつでも慢性的に存在する病気である。マラリアはもう、その土地について廻っている風土病だと言える。私はつまり、そういう途上国に行った時には、過食を慎み、できる限り怠けて、免疫の力を失わないようにしていたのである。

私が不潔にも鈍感で、肉体的に病原菌にも強いということは、確かに恵まれたことではあったが、今まで内臓の病気をしたことがないという現実は、一種の偏った生活だったたという言い方もできる。病気がいいというのではないが、人間の一生は、病気と健康が抱き合わせになっていて自然なのである。健康がいいのは当然だが、寝たこともない、というほど健康なのも、偏っていると言わねばならない。一面では、人間の苦しみと悲しみに対して鈍感になっていたはずだ。その弱点を怪我は一挙に取り返した。

人間だけが、遠い先の死を考えることができるが、動物にはそれがないと言う。しかし私が訪ねたことのあるたくさんのアフリカの土地では、村で祝いごとがある度に、必ず行事として家畜を屠って、村中のごちそうに供する習慣があった。その一部始終を見ていると、動物も死を予感するような気がする。犠牲の動物は引き出されると間もなく眼つきが異常になり、放尿や脱糞をし、普通の行動ではない緊張を示すのである。

目先に迫った死は、動物も認識するのではないかと思う。

人間は、死に至る病を宣言されない限り、「まだ当分」生きるような気がしている。「まだ当分」ということは、ほとんど無限に生が続くことで、死は認識できていないということなのだ。

私も足を折らないうちは、歩けない人のことなど、ほとんど考えたこともなかった。母が老年になって歩行が困難になると、私は当時はまだ世間では珍しかった「自家用車」で外出をさせようと思い、まず運転免許を取った。

それから貯金が足りなかったので、母にも少し借金してセコハンの車を買った。しかし私の意識はあくまで運転手の立場であり、車がなければ移動しにくい人の視点に立ったものではなかった。

しかしこの世で私たちが手にしている物質も、すべて仮初のものであることは間違いない。津波や地滑りに遭った人たちは、一時間前まで住んでいた家が突如として消え失せ、それだけでなく、そこに家族として当然いるべき人たちまで失われたことを知るのである。

つまりその人が信じていた歴史も生活も瓦解したと言うべきか、雲散霧消するのである。そんな過酷な運命もあるということだ。

もし私たちが、牛や羊と違って、遠い未来を予測する力を持つなら、私たちは今の状態、つまり生の状態だけを信じるべきではなく、遠い死をも予測して生きる他はない。矛盾するようだが、その双方を両手に持ちながら生きる人間を承認してこそ、人間なのだ。

『人生の第四楽章としての死』 徳間書店

死ぬ日まで生きている

私はいつも「生きているあいだは生きている、死ぬ日まで生きているんだ」と思っています。人間は死に対しては無力で、死のために備えるということは事実上、人間がもっともできないことです。

何月何日に死ぬというわけにはいかず、誰も死という運命に抗うことはできません。でも逆に言えば、死ぬ日までは生きているのです。死について思い悩みくよくよしながら生きても、明るい気持ちで過ごしても、同じように死ぬ日が来れば死ぬ。そして、その日までは、生きているのです。

『曽野綾子の人生相談』いきいき株式会社

第７章

料理を楽しむことが健康

食べ物は素朴に自分の手で煮たり焼いたり

まあこれくらいは大丈夫だ、という感じで、煙草もお酒も飲み放題だった人は、必ず早めに健康も害しているような気がする。

少々の痩せや肥満を、一々神経質に気にすることはないけれど、程度を越えた体の老化や異常は、明らかにその人の責任である時が多い。

異常が表面化して、すぐ死ねば問題ない。しかし病気の結果、体が不自由なまま治らないようなことになると、これは、当人にとっても大きな負担になる。よく言われていることだけれど、冷凍食品やレストランの食事を食べ続けて、健康が保てるわけはない。

人間はやはり、素朴に自分の手で煮たり焼いたりして口にするものを食べて生きて行くのがいいのである。昔からそうだったことには、それなりの意味があるだろう、と思う。

これから私たちは、義務としても病気になってはいけない。健康保険料を払っているんだから、病院の薬はもらわなければソンだ、と思っているおかしな年寄りは何時の時代にも出るだろうが、できれば、自分が払った健康保険料は使わずに生きて生きたい。

どれだけ自分が払ったお金を自分が使わずに、他の人に廻せるか、ということを一つの趣味にしよう、とバカなことを考えているのである。

『中年以後』光文社

「うまい手抜き」料理を考える

思索的な生活をしている人が、私と友達の話を聞いていて呆れたように言った。

「あなたたちは、朝ご飯を食べ終わらないうちから、もう昼ご飯の話をしてるのね。よくそんなことが考えられるわね」

すると食通の私の友達が言い返す。

「あら、私なんか朝ご飯食べたすぐ後で、その日の昼と夜と、翌日の朝、昼、夜のご飯のこと考えてるわよ」

少し冗談で誇張はあるにしても、そこのうちは一家揃っておいしいもの好きである。私はと言えば、この年になってから、急に料理をするのが好きになったので、いっそう食いしん坊に拍車がかかった。しかしそれは別に料理がうまくなったということではない。ただ作るのが早くなっただけだ。

早くなったということは、明らかに手抜きもしているということである。昔も今も、私は何かあると「ああこれをしないで済ます法はないかなあ」とまず思う癖がある。この本質的な怠け癖に加えて年のせいで、すべてのことを楽にやりたい、という情熱に取りつかれるようになった。だから台所を、やたらと片づける。ただただ、探しものをするのがいやさに整理をするのである。

だが、小説と料理があると、一生退屈しないで済むな、という気はしている。前にも書いたと思うけれど、老人料理というものを考えるのも、なかなかおもしろいのである。

独り者の老人が、簡単で、短時間ででき、栄養が偏らず、胃が悪かったり、歯が抜けてしまったり、手があまりよく利かない、という状況になった時でも、どうやら毎日変化をつけて、自分の手料理を食べられる方法を考えるのである。

その基本的テーマも「うまい手抜き」ということだ。ほんとうの料理というものが、手を抜かないことにあるとすれば、全く恥ずかしいのだが、どうにか自分だけを生かしていけるということが、老年には偉大な意味を持つようになるのだから、それでいいのだ。

　そんな話をしていたら、また別の友人が真面目な顔でおもしろいことを言った。

「でもいつでも次の食事に何を食べようか考えているような人には、あんまりボケた人がいませんね」

　そう言われればそんな気もするが、そんな風に言い切っていいのかどうか。ただ老人ホームなどで時々、年や健康の割には元気のない人がいるのは、自分の食べ物は自分で作らねば生きて行けない、という動物的生活の基本を免除されているからかもしれない。

　何とかしておいしいものを食べよう、そのためには材料を買いに行こう、自分好みの味付けを創出しようという執着は、やはり一種の明瞭な前向きの姿勢なのだから、それは老化防止にはなるのかもしれない。食欲も物欲もなくなったら終わりだから、いささかのむだや愚かさは覚悟の上で自分に許した方がいい、と考えることにしている。

『安逸と危険の魅力』　講談社

私が「普通に暮らしている」理由

私は現在、八十七歳にもなった。昔は、八十七歳の年寄りなど、その辺にいなかったものだ。

根性が悪いのは病気のようなものだが、他に病気はないことになっている。強いて言えば膠原病（シェーグレン症候群）という持病はあるのだが、これは「薬もありません。医者もいません。治りません。しかし死にません」と言う明快な経過を持つ病気だから、私は気に入っている。治らない病気でしかも死なない、というのは病気でないのと同じだ。

しかし、時々私が会う人が聞きたがるのは、私が寝たきり老人でもなく、「普通に暮らしている」理由で、それは私が比較的質素なおかずを、うちで作って食べているからだと思う。

私にとって、やや昔風のお惣菜を作るのは趣味なのである。性格がけちで、しかも物のない時期の日本で成人したので、食物はすべて貴重なものだと思っている。私は海の傍の大根畑の中の家でよく週末を暮らしているのだが、大根は「根っこ」も美味しいが葉っぱはもっとおいしいから、つい台所で大根葉の料理に手を出すことにもなる。

私の家ではお惣菜を作ってくれる女性がいるので、毎日私が台所に立つ必要はないのだが、それでも私は食事の支度時になると、つい出て行ってお鍋の蓋を開ける。私はパソコンで原稿を書くのだが、執筆と料理は名コンビなのである。

片や「座業」。片や「立業」。片や思考の作業。片や動物的本能に属する仕事。昔は、書く間に、庭で野菜や花の世話をした。しかし今は家の中で片づけものをするくらいしか運動能力がなくなった。とにかく要らないものを捨てて、家の中をがらんどうにすることが、私の毎日の作業の一部である。広くなった空間は、二匹の猫が運動場に使っている。

年を取ってしなくてよくなったものには、お金の計算もある。百歳まで生きるとしても、その間にかかる費用は一瞬のうちに「目の子」でわかるようになったからだ。夫の両親と実母と、三人の老人と暮らしたので、どんな思わぬことにお金がかかるかも推測できるような気がしている。

二十年以上も前、我が家でも親世代の世話に人手がかかっていた時、もし「家政婦会」のようなところから、二十四時間、三交代で看護の人を頼むとすると、一月《ひとつき》に四百万円かかる、という計算を出してくれた人がいた。だから自分で親の介護をしている人は、一月に四百万円分稼いでいることになる。

しかしほんとうの理由は、私は今までに、未来を予測して備えていても、その通りになったことがないからだ。「性懲りもなく」私はまだ予測をする癖は抜けないのだが、常に結果は違うものになるだろうという「知恵」だけはその頃から授けられた。だから思いがけない答えが与えられても、それほど文句を言わなくなったのである。

もし予測した通りの答えが私の未来に待ち受けているとするなら、私はその結果を狙って「善行」をしたり「努力」をしたりするかもしれない。それは私が一生涯の保険にお金を出すようなものだ。計算ずくの行動というものは、商行為と同じで、褒めるに値するものではない。
人間が、計算でも動き、全く計算以外の情熱ででも動くということは、すばらしいことだ。だから人間の可能性は、誰にも読みきれない。そこが私たちが生涯を生き尽くすことの意義なのだろう。

『自分流のすすめ』中央公論新社

人と一緒に食べるのが体にいい

食事は、人と一緒に食べるのが一番いい。人間は、お互いにご飯に招き合うべきだと思う。大したものはなくてもいいから。

夫が亡くなる少し前、うちの台所に変な形のテーブルを作った。お手伝いさんも私も七十歳を過ぎているので、二人ともだんだん体力もなくなってきて、食堂のテーブルまで食事を運んでもらうのも申し訳ない時があった。台所の流しから1・5メートルのところにそのテーブルを作ったから、煮物ができたらすぐに並べられる。お醤油を出すのも一歩歩けば済む。とても気楽で最近はもっぱらそのテーブルを囲んで食事をするようになった。

カトリックにおいても、食事は大切なものとされている。「コミュニオン＝共食」という考えがあり、それは食べ物のみならず精神的なつながりやなぐさめにも波及するからだろう。

昔、ペルーの田舎町を訪ねた時のこと。日本で集めたお金で現地に幼稚園を建てるための旅であった。レストランなどないようなところだったが、戸外の葡萄棚の下のテーブルに案内された。一つ空いている席があったので、隣の日本人の神父に小声で「どなたかいらっしゃるのですか？」と聞くと、「いいえ、誰も来ないと思います」という。あとで聞いた話だが、それは「神の席」と呼ばれるものだった。通りがかりの貧しい人や旅人を気楽に招き入れるために、いつもひとつ空席を作っておくのだとか。一般の家庭でも毎日そうしている人がいるという。

日本ではそんな習慣は聞いたことがない。最近の日本人は友達同士でもめったに食事に招かない。日本人が貧しくなった理由だと思う。めざし3本に味噌汁だけでいいのに。夫を亡くして寂しいというような人こそ、互いの食卓に招き合えばいい。

新たな人間のつながりによって、人生を知る面がある。女たちのおしゃべりは、なぐさめにもなり、「知り合い度」を深めることにもなる。それにお金もかからない。

もちろん、それでその人の寂しさを完全に埋めることはできないし、問題を100%解決できるわけではないだろう。けれどこの瞬間、誰かとご飯をして食べておしゃべりをして、疲れて帰れば余計なことを考えずにすむかもしれないし、人の話を聞くことで、やっぱり世の中にはいろいろな苦労があるのだとわかるかもしれない。

窓を開けておく、という表現がある。いつも自分が一番不幸だと思うのは、窓を閉ざしているからなのだ。窓を開ければ風が吹いて来る、「そうでもないよ」と囁いてくれるのかもしれない。

『夫婦という同伴者』青志社

自分好みの調理が人間らしい

毎日の暮らしで、一々芯を通しているわけでもないが、毎日のおかずの一品として出てくる「小松菜のおひたし」にだって、味の好みがあって当然だから、できるだけ出来合いのおかずを買わず、自分で好みに近いように調理する。
それが人間らしい。その程度のことを私は自分にも他人にも望んでいるだけだ。

『人間の芯』 青志社

食べることが苦痛にならない幸福

食べることが苦痛だ、と言った病人のことを私は思い出す。私もいつかはそういう不思議な苦痛を感じて死ぬことになるのだろう。食べたくないというのは、もう生きなくていいよ、という神さまからの解放の合図だと私は思うことにしている。

しかし今は、普通に生活できて、その上お腹まで空いた時、美味しい食べ物まであるなんて、最高の幸福をもらっているのだと思う。

『至福の境地』講談社

怠け者のくずし料理の妙

夫は日によって温泉卵か、スペインのガスパチョ風の冷たいトマトスープを飲む。私はいくら教えられても温泉卵をうまく作れない。これは今三戸浜の家の面倒を見てくださっている佐藤さんのお手製だ。私は性格が悪くて、こういう厳密に温度の管理をしなければならないものを作る気が起きないのである。今年は家でトマトがよく採れたので、夏の間は毎日ガスパチョを作った。この夏だけの冷製野菜スープは、もともと自家製の独特のレシピでいいと言うのだが、私の家のは崩し過ぎていて、スペイン人が聞いたら、そんなものはガスパチョではないと言うだろう。生のトマト、ピーマン、キュウリ、ニンニクにトマト・ジュースと水半々ぐらいのものを足して、塩（岩塩などのいいもの）、胡椒、オリーヴオイル、黒酢、ウスターソース、タバスコを入れてミキサーにかけ、少なくとも一晩は冷蔵庫で寝かした冷たいスープだが、これを一ボール食べると、かなり円満な食材が体に入る。

浮身は、ほんとうはもう少し凝るべきなのだが、私は茹で卵を切ったものを用意しておいて散らすだけだ。

時期によっては、庭のパセリを切ったのもいいが、私は足が良くないので、庭に降りて転倒するのが怖い。だから入れない。つまり怠け者のくずし料理である。

『私日記10　人生すべて道半ば』海竜社

毎日、今日の目的を作る

年を取って頑張り過ぎるのも醜いし、怠け過ぎるのも困る。頑張り過ぎるのは端から見ていても辛いし、怠け過ぎるとすぐ自分自身の身の回りのことさえできなくなって、人困らせの状態になるから、この辺の調節がむずかしい。

しかし私は毎日、今日の目的を作る。

今日は昼御飯にアサリのスパゲッティーを作るつもりだったから、朝ごはんの後すぐ太ったアサリを白ワインで煮て、濃いお汁も濾して採っておいた。タマネギもいやいやながら融けるまで炒めた。この仕事は私の性に向いていない。炒めるという仕事は、なぜか肩が凝って仕方がないのである。洋食屋さんに弟子に入り、タマネギを融けるまで炒める仕事だけ二年間修行としてやりなさい、と言われたらたまらないから、レストランにだけは勤めるのをやめよう、など と全く必要のないことまで考えている。しかしこれだけ用意をしておけば、スパゲッティーのソースは五分でできる。

夜用にはキャベツの芯の部分、ニンジン、タマネギ、ジャガイモ、セロリーの葉っぱなどを入れて土鍋でスープを作っておいた。肉など何も入れなくても、神様からの贈り物みたいな優しい滋味深い味になった。

『老境の美徳』小学館

食事が体を救う

しかしほんとうのことを言うと、私の健康状態には少し問題が出ていた。内臓はどこも悪くなく、リューマチ反応も出ていないのだが、考えてみればもう数年も前から、私は体のあちこちに鈍い疼痛《とうつう》を覚える筋繊維疼痛症という病気とも言えない病気にかかっていたようであった。

この原因不明で治療法も別にない一種の免疫不全は、途上国においては少し不便なものであった。何しろ国中にエレベーターとかエスカレーターなどというものがほとんどない。私は初年度にマダガスカルの現場の病院の、手すりのない石の階段から落ちて頭を打ち、ほんの数秒間意識を失った。口の悪い友人が、「あなた、病院の石段を頭で壊して来たんだって?」というのである。この事故は結果的には何でもなくて、日本へ帰ってから受けた検査では、頭蓋骨に罅《ひび》の跡も見られない石頭だということがわかった。

しかし、夫は私がアフリカへ行くのをなんとかして婉曲に止めようとしていた。私が時々、自律神経失調症で、頻脈・結滞を起こすのを口実に、自分の心臓の主治医に私を差し向けて、もう年でもあるし、アフリカなど行かない方がいい、と言ってもらおうとしているのが見え見えであった。ところが私は、脈の不調でもほとんどお医者に行かず、ほっておくと治る、という経過をうまく辿っていたのである。

しかしアフリカ行きの日程が迫った頃、ついに私は夫の顔を立てて、夫の心臓の主治医のところに出かけた。前にこの先生に心電図を取られた時、あまりのきれいな波形に我ながらうっとりし、こういう心電図は、医学図書の出版社に、「正常な心臓」の見本として掲載してもらうように売り込むか、新しく出版される私の本に、「著者近影」として出してもらうか、などと考えたくらいだったのである。

私はまずドクターに、こんなことくらいで伺って先生の大切なお時間のお邪魔いたしまして……と心から謝った。それから、私の体の痛みが最近では少し変化して来て、微熱が出ると怠け根性が起き、痛み止めでも風邪薬でもとにかく薬というものを飲むと、眼の角膜が乾いて傷つき、時にはかなり激しく痛むようになったので、薬は漢方薬と、貼り薬くらいしか使えなくなっていることを話した。

私は最近、健康診断というものを一切受けていない。ただ痛みは止めてもらわなければ辛いので、アスピリンという薬を思い出して飲んだが、これは無事だった。小津安二郎の映画なら、主人公はアスピリンを飲むはずだ。薬局に今でも売っているので、私は驚いたくらいだった。

本当に、こんなくだらない話で何分かの専門家の時間をつぶしたのは申し訳ないと私は思ったのだが、「私は夫にとってかなりいい家政婦だと思いますので、あの人は、こういう便利な家政婦を手放したがらなくなっているだけのことなんです」と言った。

自分をいい家政婦だというのも私の思いこみだが、主治医は患者の家庭の内部など分からないのだから、充分にそうかと思わせられる、というものだ。夫に言わせれば、私はいい家政婦どころか口やかましく、気が短くて言葉がきつくて、嫌な女房だと思っているだろうが、私としては世間にいい顔を見せておければ成功である。

夫の主治医は名医であった。私の話を聞くと、医師としてこういうことを言ってはいけないのかもしれないが、自分は人間が死ぬことはほとんど気にしていない。誰でも必ず死ぬからだ。しかし生きているうちの人間の生活の質はほんとうに大切だと思う、と言った。

だからアフリカにも行ってらっしゃい。ただ怪我をすることと、風邪を引くことだけは防ぐように、とのことだった。怪我と風邪を契機に、生活の質も悪くなることが多い。私の場合、怪我で運動能力はかなり衰えたが、生活の質はあまり変化しなかった。

風邪も怪我も、どちらも私の弱いところだった。三回しか入院というものをしなかったが、三回とも全てが外科的な手術を受けるためだった。

私は間もなくそのドクターのもとを辞して、夕暮れの町に出た。

こんな爽やかな日はなかった。暑くも寒くもない、いい気候だったからでもあろう。しかし私は別の理由を知っていた。私が薬を飲めなくなった、と言ったためだろう、私は手ぶらだった。たいていの患者は医院を出る時、薬袋を持っている。時には中に、これがお菓子だったらどんなにいいだろう、と思うほど多量の、飴玉みたいにきれいな色の薬が入っている。ところが私は何も持っていなかった。

私が今後口にするものは、人間が土の上から採取したものばかりでいいのだ。うちでは今、豌豆《えんどう》がたくさん採れている。レタスもパセリも畑から採ったばかりのものを口にしている。間もなく私は、採れたてのジャガイモもそら豆も食べられる。お湯を沸かしておいて塩を入れ、それから大急ぎでさやをむいたそら豆をほうりこむと、三分か四分で、皮まで柔らかいそら豆が食べられる。そういうものを口にして、動物のように素朴に生き、ある日、命脈尽きて人は死ぬのでいいのである。

『想定外の老年』　ワック

ぼけ防止には料理が一番

新しい体験をしようとか、絵手紙を書こうとか、新聞の論説を音読しようとかいうことが老化防止の方法だと書いてあるものもあるが、私にいわせれば高齢者に失礼な提案だ。

多分提唱者の学者ご自身がそんなことしかしていないのだろう。多くの高齢者が、そんな児戯《じぎ》に類したことだけをして壮年を生きてきたのではない、と私は思う。梅干しや白菜を漬けるのだって、屋台でおでん屋をやるのだって、洋服の仕立てだって、ほんとうに知恵と感覚を体の末端まで張り巡らせて生きねばならないのだ。

おもしろいことがなくても、一日に一度声を立てて笑う、などという提案は惨めそのものだ。人間の社会は、真実をそのまま認めて語れば、どれも笑いの種ばかりである。川柳がその事実を示している。

ぼけないで若くいたかったら、自分で料理をすることは手近かで一番いい。いかなる薬よりも食べ物と、それを作る過程が動物的で体に効くはずだと私は信じている。

『風通しのいい生き方』新潮新書

認知症予防としての料理

　私は毎朝、食事が終わると、昼と夜のおかずを決める。冷凍の食材を溶かす必要がある場合が多いからなのだが、昼には我が家では小型の「従業員食堂」みたいに秘書も一緒に食事をするし、夜は夫と二人の少人数で、あまり手をかけたくないからである。

　しかし私は昔から、どうしても家で作ったご飯を食べなければおいしくない、という先入観を持っていた。たまにコンビニの食べ物の便利さに感動もしているが、やはり基本は我が家で作ったおかずである。ぶり大根など煮ると、たまたま仕事で来られた方にも、お菓子代わりに出している。ほんとうは、お菓子などを買いに行くのが面倒になってきたからである。

　最近私は朝ご飯の後で、すぐに野菜の始末をすることにした。お昼にもやしと豚肉の炒め物を作ろうと決めたら、朝飯の後でもやしのひげ根を夫にも手伝わせて取るのである。

夫は九十歳近くなるまで、もやしのひげ根など取ったことはなかったろう。ひげ根については、友人たちの間でも賛否両論があり、私は面倒くさいからそのまま炒める、という口だったが、週末だけ我が家に手伝いに来てくれる九十二歳の婦人は、ひげ根は取るのと取らないのとでは、味に雲泥の差がつくという。

夫を巻き込んだのは、私の悪巧みである。私は常々、「人は体の動く限り、毎日、お爺さんは山へ芝刈りに、お婆さんは川に洗濯に行かねばなりません」と脅していた。運動能力を維持するためと、前歴が何であろうと——大学教授であろうと、社長であろうと、大臣であろうと——生きるための仕事は一人の人としてする、という慎ましさを失うと、魅力的な人間性まで喪失する、と思っているからだ。

それと世間には、最近、認知症になりたくなければ、指先を動かせ、字を書け、というようなことが信じられ始めてきたからでもある。料理もその点、総合的判断と重層的配慮が必要な作業だという点で、最高の認知症予防だということになってきた。

もやしのひげ根でも、インゲンまめの筋でも、二人で取るとなぜか半分以下の時間でできる。三人で取れば、四分の一くらいの時間で作業は終わってしまう。家族で同じ作業をほんの数分間する、その間にくだらない会話をする、ということの効果は実に大きい。老人からは孤立感を取り除き、自分も生活に一人前に参加しているという自足感を与える。そして自称「手抜き料理の名人」である私にしてみると、野菜の始末さえできていれば、料理そのものは本当に簡単なものである。

昔、引退したらゆっくり遊んで暮らすのがいい、と言われた時代があったけれど、私の実感ではとんでもない話だ。「お客さま扱い」が基本の老人ホームの生活、病院の入院、すべて高齢者を急速に認知症にさせる要素だと私は思っている。要は自分で自立した生活をできるだけ続けることが、人間の暮らしの基本であり、健康法なのだ。

『介護の流儀』　河出書房新社

老年は不養生をしたほうがいい

老年には、病気とあまり丁重に付き合わない人の方がぼけもせず、健康なように見える。利己的でなく他人の面倒をみたり、少なくとも自分の暮らしを細々と背負って立っている人は、認知症にもあまりなっていない。子供や施設が万事面倒をみてくれると思って安心した人の方が、ぼけが出やすいようだ。

私はあまり体に気をつけない。

しかし毎日自分で食べたいおかずを作り、庭の畑で菜っ葉も採っているから、その方が薬より効きそうに感じている。

老年には、他人に迷惑をかけない範囲で自由に冒険をして遊び、不養生をして適当な時に死ぬ義務を果たさなければならない。

『夫婦という同伴者』 青志社

「体にいい質素なご飯」の効用

常人の場合、体はやはり手入れに比例して長持ちする、ように見える。手入れと言っても、エステのことではない。

私などは戦争中の子供で、ひどい食事をして育ったが、一応の国家的貧困な時代が過ぎた後も、質素なものでもありがたいと思って喜んで食べる癖が残っていた。

幸運なことに私は甘いものがあまり好きではなかった。もっとも時々塩をやたらに食べたくなり、塩っぱいものを食べると「ああ、美味しい」と感動した。塩を甘《うま》い、と感じたのである。生まれつきの低血圧だったので、塩を摂っても今まではひどく健康を害するということもなく済んでいる。

沢庵、塩せんべいのような固いものも大好きだったので、自然と歯はよくなった。しかし遺伝性の近視だったので、子供の時からどれだけ眼鏡にお金をかけたかしれない。その代わり入れ歯を作らなくて済んでいるが、差引少しは損害を取り返せた、という程度である。しかし、この年になるまで、ほとんどひどい病気で入院することがなかった、というのは、結果的にきちんきちんと「体にいい質素なご飯」を食べて来たからだと思う。

どんな無謀な生活をしても、びくともしない立派な体の持ち主というものもある。しかし普通の人間は、或る程度の体の手入れを辛抱強くし続けることによって辛うじて健康を手にするのだと思う。無謀な生活をしながら、中年以後も健康に生きようとするのは虫の良すぎる話だ。家でも機械でも同じである。手入れがよければ、かなり長い間気持ちよく使える。しかし手荒な使い方をすると、てきめんに損耗は激しくなる。

しかしこれと反対なのが、体にいいことしかしない、という人である。雨が降ると風邪を引くから外出を止め、感染を恐れて友達が病気になると見舞いなど考えない。旅行はしたいのだが、暑さ寒さ、政変、テロリスト、麻薬、自動車事故、ピストルを持った人たち、泥棒とスリとひったくり、ホテルの非常階段の不備、マラリアやエイズや他のもろもろの病気、火山、地震、悪い天候、隕石が落ちるかもしれない可能性、飛行機事故、何もかもが生命の危険に結びついて考えられるので、もうどこにも行けない。

こういう人は——主に女性に多いのだが——怖い、危険が予想されることは一切しない。従って面白いことは全然できない。そして若い時に既にこういう思考の形態を持っていると、年をとるほど段々その面が強くなる。

健康志向も中年以降は段々激しくなって来る。私の高齢の知人の何人かは、歩くことが体にいいとなると、一日に五時間も六時間も歩いている。そうなると、生きるということはただ歩くということで、他には何の生産的なこともしなくなる。まあ老年になって、床に着いて寝た切りになっているよりは歩いている方が傍にも面倒をかけなくていいかもしれないが、健康は生きるための一つの条件に過ぎないのだから、健康維持そのものが目的になったら終わりなのである。

『中年以後』光文社

第 8 章

健康に暮らす、わたしの秘訣

お酒や煙草のどをこさない

年末年始には、日本中の男たちが、うんとお酒を飲み、たらふく食べたはずである。私はいわゆる大酒飲みではないのだが、お酒に嗜好が傾く人の気持ちがよくわかる。心地よいということは、理屈ではないのだ。私はもともと甘いものをあまり好きではないから、お酒が引き連れてくる肴のうまいものは、また魂を売り渡したくなるほど好きなのである。

しかし私のように長く生きてくると、長い年月お酒を飲み続けてきた人が、中高年になるとどうなるかも、また現実のストーリーとして見せつけられてしまう。「あの人はお酒に強いんですよ」という言葉を、私は若いうちから何度も聞いてきた。私は麦酒を一杯飲んだだけで顔が赤くなるが（厳密にいうと醜く赤黒くなるのだが）お酒に強いという人は、ウイスキー半分飲んでもけろりとしている。お酒に対して強いか弱いかは、スポーツの才能のように、体質的なものだと、私は思いかけていた。

しかし長い年月が経って、私の知人も一斉に中高年になると、お酒に強い人などというものはほとんどいないのだな、と思うようになった。それだけの年月、お酒や煙草を節してこなかった人は、たいていお酒と煙草が原因と思われる病気になっている。戦後すぐは、悪いお酒が巷にいっぱい出回っていて、当時既に大人だった作家たちは、ほとんどそれで体を壊していた。しかし眼が見えなくなるようなメチール・アルコールだの、その時代特有の質の悪いお酒が世間から退場すると、もう今出回っているような素性の良いお酒なら大丈夫、という気にさせられてきたのである。

しかしそうではなかった。長年のお酒は、思いもかけない伏兵であった。もっともっと長く働けるような知識や才能に満ち溢れた人が、肝硬変や、脳溢血や、癌や、糖尿病にかかっていた。

私は改めて病気の怖さを知った。病気のおかげで、彼らは入院して痛い目に遇ったり、仕事を取り上げられたり、行動を制限されて好きな旅行にも行けなくなっていた。それらの病気は運が悪いからではなかった。彼ら自身がちゃんと原因を作っていたのである。一番大切な配偶者を亡くした人の寂しさなど、どうしてあげたらいいのだろう。私はすべての慰めの言葉が空虚になることを恐れて、何も見舞いをしなかったことさえたびたびある。

お酒を一滴だって飲まないのに、病気にかかる人はいる。しかしお酒や煙草さえどをこさなければ、もっと健康が続いただろうにと思うのは、オウム真理教に入信さえしなければ、ごく普通の良識ある市民の生活ができただろうに、と思うのと似ている。

健康管理は蓄積だ。それは、宝くじを狙う人よりも毎日毎日ブタの貯金箱に小銭を入れる人の方がお金を貯めるのと同じで、毎日、暴飲暴食をせず、バランスのいい食事を何十年とし続けて手に入れるより仕方がないものなのであろう。

『自分の顔、相手の顔』 講談社文庫

老年でも忙しく暮らす

私の家では夫が「ボケて年取って時間ができたらヨメいびりでもするか」とかねがね言っていたので、私はそのとおりお嫁さんに伝えていた。ところが夫はもう八十歳を過ぎて、十分に年をとったにもかかわらず、まだ嫁いびりを始めていない。その理由はお嫁さんがよくできた人だからなのだが、それ以外に納得の行く理由もあるはずである。

第一の理由は、息子夫婦と私たちは、遠く関西と東京に別れて住んでいるからである。いびるためには、物理的に手を伸ばせば爪で「引っかける」距離にいなければならない。東京が本拠の私たちが、息子の就職のとき、関西の大学だと知って許したのが悪い、という知恵者もいるが、当時息子は比較的若く結婚したので、とにかく就職の口を与えて頂けるだけで一家は深く感謝していたのである。

お互いに見えない距離にいるということはすばらしいことだ。見えなければ欠点も目につかないから腹も立たない。私自身がまず口が悪く、気が短いのだから、傍にいる人に与える災害を最低限で抑えるには、同居を避ける以外にない。それに息子の一家は「別の家庭」なのである。「あちらはあちらで、何とかなさっているでしょう」という突き放した感じをもち続けることが大切である。

息子夫婦は競馬を楽しんでいる。必ず夫婦で出かけ、賭けるお金もほんとうにわずからしいので、家庭争議になったことはない。ところが私の夫は麻雀からパチンコまで、賭け事というものがひどく嫌いである。数年に一度、息子たちと競馬場へ遊びに行くことはあるが、そんなときにも私は遊び気分で馬券を買ってみるが、夫は競馬場では食べるだけである。お互いに「そちらはそちら流にお暮らしなさい」という感じである。そしてあるとき、私は息子が人も殺さず盗みもせず、無事に大学の先生の生活を定年で終えるとすると、そのとき私は九十歳を過ぎているという単純なことに気がついたのである。とすると、まず息子夫婦が近くにいて、私たちが病気になっても、我が家の屋根が漏っても、すぐにやってきて世話をしてくれるだろう、というような当てをすること自体が無理だということがわかった。

当てにしない、諦める、という二つの姿勢は老世代の心理的幸福を構築する上で、実に大切なことなのではないか、と思う。世の中のたいていのことは、諦めればそれで解決している。

諦めて自暴自棄になったり、日本国家を恨んだりする諦め方ではない。第一案がだめなら第二案でやるか、という、若いときの慰安旅行のプランの立て方と同じ気分だ。

嫁いびりがまだ開始されない第二の理由は、私たち夫婦がかなり忙しく暮らしているからである。夫もまだ週のうち四日間は背広を着てネクタイを締めてどこかへ出かけて行く。私は主に家にいるか、それでも原稿を書き、活字を読み、お惣菜を作り、畳何枚分かという程度の小さな畑に菜っ葉類を作って自給自足し、ごくたまには今までしたこともなかったスカートの丈なおしをやり、ものを捨て（その隙間分だけ買うこともあるが）、いつも一日の時間が足りない。ことにものを捨てる楽しみは、お風呂に入るのと同じくらい、いい気分である。原稿も手紙もほとんど焼いてしまった。今要らないものは、フリーマーケットで売ってもらって、ほんとうに欲しい人の手に渡す。するとお皿一枚、テーブルクロス一枚でも、その物が再び生きて喜びそうな気がするのである。

もちろん体力や健康や残存機能に応じての話だが、老年でも忙しい、と感じない人は、どこかで甘えて隠居的気分を自分に許していると思う。昔は狩りをしない猟師、魚を捕らない漁師、農耕をしない農夫など、働かない者は、現実問題として……道徳ではなく……生きられなかったと思う。その原則は、今でも変わっていないはずだ。

『幸せの才能』 海竜社

健康は金では買えない

健康が人生をかなり大きく左右することは紛れもない事実である。もし私たちが人並みに健康だったら、私たちはまず両親や社会や運命に大きく感謝すべきだろう。なぜなら病気を金で治したと感じた人はいるだろうが、健康な体質を金で買えた人はいないのである。みんなただで与えられたものである。この恩恵が見えないようだったら、私たちは自分の人生全体を見透かす眼も既に狂っていると思わねばならない。

その意味でなら、私も自分の体質に、大きな感謝を持たねばならない一人である。幼い時からひどい近視であったことは別として、やはり私の体は私の行動の自由を充分に支えてくれたのである。

具体的に考えてみても、私は二十代の前半に、盲腸炎と出産で病院のご厄介になった。しかしそれ以後は、もうすぐ五十歳になるという時まで、とにかく入院というものをしたことがなくて済んだのである。その時の入院も、眼の手術だったから、私の首から下は相変わらず健康そのものであった。

私は好き嫌いもあまりなかった。外国でも、二、三ヵ月なら日本食は全くなくて済む。土地の食べ物がどこのものでもおいしいのである。もともと風邪をひいても食欲がなくなったことなど数えるほどしかない。不潔なものを食べた時でも、人は当たっても私だけは何でもない、ということがよくあって、友達に「生活程度がわかって、自慢にもならないわよ」と言われたものである。

しかし、喉だけは一年を通じて慢性の咽頭炎で治り切らないことを思うと、生まれてこのかた病気を知らないというほどの健康体でもない。

この程度の不健康さえなかったら、私は別の意味で不当に思い上がり、人の痛みもいよいよわからなくなっただろう、と思う。喉が痛くなるだけで、私は自信を失い、体がだるくなって、どうして総理大臣などという忙しい職業に男はつきたがるのだろう、と思い始める。体を休めることもできない境遇などというものは、私にとっては奴隷の生活なのである。

健康と病気についても、私はいつも対立した二つの思いを持っていた。

一つは、病気はしないでいようと固く決心すると、かなりしなくて済む、という少し乱暴な考え方である。世間には時々、ほとんど病気を楽しんでいるとしか思えない人がいる。彼らは、自分の病気が大したものではない、と言われると機嫌が悪い。

彼らは病院や医師も好きである。病院と医師と無縁で暮らそうと決心するかどうかが、健康を保つ意欲があるかないかの岐路のように思う。

しかしすることもなくて、閑を持て余すような生活をしていたら、朝起きるとまず、今朝はどこが悪いだろうか、と考えるのも自然であろう。人間は、病気を探すというような行為であっても、とにかく目的というか、仕事というか、「すること」を探すものなのである。

私も若くはないのだから、多分体も悪いのだろうが、忙しいからそんなことは考えている閑もないだけである。それで病気がない、という子供騙しのようなカラクリが成立する。

しかし一方で、健康は気だけで得られるものではない、ということも真実である。いかなる運命も、病気を含めて、避けがたいものだ、という認識を持たない人間は、恐れを知らなさすぎる。

『悲しくて明るい場所』　光文社文庫

引退してはならない

高齢者も死病の人も、できる限り生活から引退してはならない。私も何度か老人ホームに憧れ、今でもついに体が利かなくなれば、やはりそうした施設と組織のお世話になる他はないとも思うが、しかし最近では、よくできた施設で暮らすことの危険性を感じ出している。そうした所にいる人達の特徴は、頭も運動機能もまだ充分なのに、一様に食事を自分で作らなくてもいいことを利点としてあげていることだ。

確かに私も忙しい日に食事の支度をしようと思うと、どうしたら手が抜けるかを考える。外食も悪くはないなあ、と思う。しかし毎日自分で食事の支度をすることは、何よりの頭と気力のトレーニングであろう。食品や冷蔵庫の管理というものは、実は意外と頭を使うものだ。私は自分がけちなせいか、食料品を残したり捨てたりすることが嫌でたまらない。

残り物をうまく組み合わせて、何ができるかと毎日考えている。買い物に出るのが面倒くさいと、残った材料だけでどんなおかずができるかも考える。

生活とは、雑事の総合デパートである。電球も切れた場合を考えて買って置かねばならない。台所の壁紙が見るに見かねるほど黒ずんで来れば、明日の午後はあそこだけはきれいに拭こうと計画を立てる。喜んでやるのではない。むしろいやいや「ああ、面倒くさい」という呟きも洩れるのだが、人間は嫌なことをしていないと多分ばかになる。なぜなら、それが生きる世界の実相だからだ。

『晩年の美学を求めて』　朝日新聞社

余計なものは人にあげる

私はいつも普段の生活と性癖を引きずって入院していた。しかし他の患者さんは、病院では全く別の生活に入るようであった。だから普段することもしなくて当然と考えるのであろう。しかしほんとうは日本の医療もそこまでは面倒を見切れなくなっているのではないかと思う。できない人には、充分な看護を尽くすことが望ましい。しかし「工夫すればできます」という患者に対しては、もっと自分のことは自分でしてもらって当然という空気を容認した方がいいだろうと思う。自分のことを自分でしたい患者は、そうすることが一つの趣味でもあるのだから、それでいいのである。

そうは言うものの、そう考えない人が世間には多いらしい空気がある。あの人は髪を洗ってもらっているのに、私は自分で髪を「洗わされた」のは、待遇で手抜きをされたと考えるのである。あの人と私は同じ費用を払って入院しているのだから、私は損をしたのだ、と考える人が増えたのであろう。

そういう受け取り方こそ貧しい考えだと私は思う。他の病人にはできなかったことが自分にはできた、というだけで、私は嬉しい。何よりそれだけで日常性を取り戻しつつある。退院に一歩近づいているということが実感できる。

私の暮らしは、家庭と仕事場が同じ場所で、昼間は秘書たちといっしょにご飯を食べる。時には六人もの大家族になる。しかしいつも一人で家にいる高齢者にとっては、人と喋れる入院の機会は私よりもっと精神的に貴重なものなのかもしれない。それに他人に面倒を見てもらえると思う感覚も幸福と結びついている。それならば、病院では、少しでも普段から社会と繋がりのある人は遠慮して、そういう孤独な人たちに、優しい美人の看護師さんを独占させてあげる機会を譲りましょう、と考えればいいのである。

平等に扱われるのが当然という思想は、実は少しも人間的ではない。一番の平等は、機械で打ち出され、ベルト・コンベヤーを利用して画一的に大量生産されるものである。たとえばあらゆる工業生産品の部品類、ビスケットや瓶詰めなどの食料品は全く均一な質と形状のものを作れることが望まれる。

もっとも、私は昔から健康な日と病気の時とでは、人間の性格が変わることを感じていた。健康な日にはできそうに思えることが、少し喉を悪くしただけで、私にはとてもできないことのように感じる。前にも度々書いていることだが、私はよく喉を悪くするので、微熱があるという程度の軽い不調を、真っ先に小説が書けないという形で感じるのである。今日はなぜかうまく仕事が進まない、私には才能がないんだ、とまでせっかちに考える。しかし才能などというものは、或る朝、突然できるものでもなければ、或る日、急になくなってしまうものでもないだろう。私はほんのちょっとしただるさだけで、もう才能があるかないかまで思い詰めるのである。

それを思えば、同じ外科病棟にいても、その気分の悪さの程度で、人間の精神の健康の度合いも大きく左右されるだろう。私が足を骨折した夜、神戸に住んでいる息子は見舞いの電話をかけて来た。

「あのね、僕の体験だけど、人間は体の中心に近いとこに怪我するほど大変なんだ。だから大腿骨の骨折が一番辛い。その次が膝の関節。あなたみたいに一番遠い足首の骨折なんて一番楽なのよ。だから気にしない方がいいよ」

私が入院生活の間、車椅子の生活でも、足を引きずって歩く暮らしの中でも、何とかして健康な時とごく近いような自立した暮らしをすることを趣味にできたのは、つまりは傷が体の中心から遠い部分だったからだろう。

私は生きる上で、自分がどんな事態になっても、普段に近い生活をすることをいつも願っていた。船が転覆して漂流しても、飛行機がハイジャックに遭っても、隣家が火事になっても、地震で避難所生活をするようになっても、逆上せず、いつもと同じ自分でいたいと思う。いつもの自分以上に立派に振る舞え、と言われても無理だろうから、せめて普段と同じ心情を行動の性癖を保ちたいと思うのである。それが究極の自己教育の結果だと思うが、うまく行く自信はない。

しかし病院生活でも避難所生活でも、できるだけいつもと同じ自分の姿勢でいたい。子供のような話だが、自分のことは工夫して何とか原則自分でし、できれば少し人の役に立ち、世話をされたらうんと喜んで感謝する。世話をしてもらうことはむしろ望外の幸福だからだ。今、若者も高齢者も共に学ばねばならないのは、あらゆる状況と段階で幸福を見つける技術である。しかし親も学校も世間もその技術だけはほとんど教えない。なぜなら平等と権利の観念が、そうした個性を伸ばすことを妨げているからである。

健康でもお金でも知能（ぼけていない頭）でも、幸いに少しでも余計に持って（保って）いたら、それを失った人のために、自分の持ち分をささやかに（大きくでなくていいのだ）分ける思想がないと、今後の日本はやっていけない。健康保険や介護保険を払っても、健康なので少しも使わないから損をしたと思うようでは、いい社会も、自分の幸福も望めないだろうと思う。進んで損のできる人間にはどうしたらなれるか。それがむしろ誰もが係わっている現実の生活の中での芸術である。

『言い残された言葉』　光文社文庫

七十五歳から、誰もが体に支障を持つ

四人に一人と言われ、これからもまだその比率が増えると思われる高齢者人口を、どう活かすかが、将来の大きな社会問題になってくるだろう。

一面ではそれは、政治的な仕組みの結果にかかっており、他面では高齢者個々人の生き方の選択にかかっている。

七十五歳くらいを境に、誰もがどこか体に支障を持つようになる。当たり前だ、と私はいつもおかしくなる。七十五年間、新車同様に使える自動車、買いたてみたいな冷蔵庫なんていうものはあるわけがない。少々ボディに錆びが出ようと走ってくれる車なら上出来。ドアがきっちり閉まりにくくなった冷蔵庫は、扉を開け閉めする人の手加減でまだ使える、という代物なのである。

『不幸は人生の財産』 小学館

世間は病人だらけ

胃腸の病気だの、お酒を飲めない膵臓の悪い人だの、糖尿病だの、コレステロールが高い人だの、塩分の制限をしている腎臓病の人だの、食べ物屋からみたら、世間は病人だらけなのだろう、と加納は思った。

『陸影を見ず』文春文庫

病気をしてやっと人間になれる

「今日子はね、あの時はほんとうは月なんか見たくなかったの。月も何も、体がだるくて、関心なくなってたのよ。だから月は私のために無理して見たんだと思う」

「でも感動してたんだろう」

「してなかった。ほんとうはベッドに寝てたいのを一生懸命に我慢して車椅子に坐ってたみたいよ。誘った私のためにね。だけど後になって、少し気分のいい日に、ベッドの上で喜んでくれた。入院してても月見ができたってね。それで私、言ったんだよ。あんたも私もマスコミなんてとこにいるから、貧乏ひまなしで、月もろくろく見たことないでしょう。病気してやっと人間になれる部分があるんだね、って。そしたら、ほんとうにおかしそうに笑ったよ。それが、彼女が健康に笑ったのを見た最後よ」

『陸影を見ず』文春文庫

生き延びることだけでも幸運

私と私の世代は、この世に安全があるなどと信じたことがなく育った。戦争では、たった一晩の東京大空襲で、約十万人が焼け死んだ。そうでなくても、まだ抗生物質のない時代には、人間はチフス、赤痢、肺炎、結核などの病気に罹らずに生き延びることだけでも幸運と言わねばならなかった。人間の生涯の原型は、星明りの中で虫けらのように生まれて、夕映えの光の中ではもう死んで大地に還って行くような儚い面があると、私は覚悟させられていたのである。

今度の地震でも、比較的老年の人はほとんど動揺を示さなかった。多くの人は、幸福も長続きはしないが、悲しいだけの時間も、また確実に過ぎて行く、と知っている。どん底の絶望の中にも、常に微かな光を見たからこそ、人は生き延びてきたのだという事実を体験しているのである。

『揺れる大地に立って』　扶桑社

人に喜ばれることは楽しい

世の中がいつのまにか大きく変わった、と思うことがある。

その一つはボランティア活動が普遍的になったことである。常にむずかしさがないわけではないが、ボランティアの研究会などに行くと、驚くほどたくさんの人が集まっている。一昔前なら、知人にこっそり親身な世話をする人はいても、見ず知らずの人に組織を作って尽くすなどということはしなかった。

この変化は実に自然でいい。多くの人が一度やってみると、人に喜ばれることは楽しいものだ、と気づくのである。

もう一つの大きな変化は、癌などのむずかしい病気を当人に告知するのが、ごく普通になったことである。昔は当人にはひた隠しにするのが普通だった。看病する家族は心にもない嘘をつき続けるのに、ひどく苦労したものである。

しかし今では、病人を囲んでその人のいなくなった後のことも相談し、残された日々をできる限り自由にさせている病院やホスピスが、私の知る限りいくつかある。

先日一人のドクターから、いい話を聞いた。その末期癌の病人は、娘が夫と転勤した土地で新たに作った家のことがしきりに気になっていた。できれば行ってみたい。しかし今までの常識的な医療体制の中では、とてもその地方まで旅行することは許されない。

しかし主治医は「行っていらっしゃい。行けますよ」と言ってくれた。もちろん詳しいことは私にはわからないけれど、痛み止めなどできる限りの方策は用意して出たのであろう。

とにかく喜びは人に元気を与える。病人は、娘の家で幸せな数日を過ごした。恐らく孫とも話し、家族で食卓を囲んだであろう。もはや一口も食べられなかったかもしれないが、家族の団欒とは実際に食べる食べないではないのだ。

その人は病院に帰った翌日に亡くなった。

そこにあるのは「よかった」という思いだけである。「何てすばらしい最期の日々だったのだろう」とその話を聞いた人は思う。娘の家に行くのはそもそも無理なのに、主治医が許可したから病人は死期を早めた、などと訴えたりは決してしない。それどころか、主治医の勇気ある決断に感謝を惜しまないのが家族の人情である。

音楽の好きな私の知人も癌を患っている。体力は落ちているが、音楽会に行きたい、という思いは抜けない。

「いらっしゃいよ」と私は言っている。少し痛み止めが効いているからぼんやりしている、とその人は不安がるが、眠くなれば眠ればいいのだ。万が一、音楽を聴きながら死ねたら、最高の死に方だ。人は最期の瞬間まで、その人らしい日常性を保つのが最高なのである。

『人生の収穫』河出書房新社

どんなとき「生き欲」がでるのか

しかし私自身はいつも死を考えている。体が痛いのとだるいのとで、あまり生きていたくないと思う時もあるからだ。しかしおかしなことに或る日は、今ここで死んでしまうのはモッタイナイと思う時もある。自分を過大評価しているつもりはないが、今私は人生で一番家事がうまくなっているからだ。一度に素早くすべきことと、手順が考えられる。素人料理人としても、普通の家庭なら充分に使える。どんな食材も残さず使い道を考えられ、まずくもない。こんな便利な人間が、ここで死んでしまっては少し勿体ない、と思い始めたのだ。こういう形の執念だか、自己過大評価だかが、すなわち「生き欲」ということなのか。しょっていることには、違いない。

『私日記9　歩くことが生きること』海竜社

実にいい病気

痛みは大したことはないのだが、また体がだるくなった。明日は日本郵政記念日の中央式典があるというので、私も一度くらい出席しなければと思っていたのだが、どうしてもその元気がないので、電話で欠席を伝えた。

原因はわずか三十七度六分の微熱だ。夫が雑誌を買って来てくれて、線維筋痛症という病気は、膠原病の中で微熱が出るのが特徴とある。つまり筋肉の炎症の結果だから当たり前。大したことはないのに怠ける口実もあって実にいい病気だ。

『私日記8　人生はすべてを使いきる』　海竜社

「僕は間もなく死ぬよ」

しかし彼の望みは、うちへ帰って老後を過ごすことなのだから、私は老衰のままでもずっと家にいられる態勢を作ることだけにその頃は必死になっていた。今でも私は一回だけ後悔していることがある。

私の脚が痛くなって間もなく、私は「もう私はだめだわ。あなたの世話を続けられないわ」と呟いたことがあるのだ。私はもうベッドの上で、彼の半身を起こす力さえなくなったことを嘆いたのだ。

こんな調子では、どこか病人の面倒を見てくれる施設に朱門を送らなければ私の体力では多分長くは続かないだろうということだったのだが、それから数日後に朱門は、「僕は間もなく死ぬよ」と言ったのだ。暗い調子でもなく、何かさわやかな予定のような口調だった。

彼は自殺を図るような人ではないが、自分の体にその予兆を感じたのか、それだけでなく、それが私たちにとっていいことなのだと言いたかったのか、どちらでもありそうな気がする。
私たちは誰もが、適当な時に穏やかに死ぬ義務がある。

『Voice 472』2017.4

「未完」は幸運

私は町を歩く人の姿を見ながら、今の自分がいささかの荷物を持って十キロ歩くことも、小走りに走ることも、ジャンプすることも、階段を駈け降りることも、何もできなくなっていることを思った。私より年を取った人でもできる人が多いのに、私にはそんな単純なことができないのであった。

しかし私はその劣等性を、その時この上なく満たされた幸福なものに思えたのだ。それが私というものなのだ。はっきりした自覚を贈られたことは、私の晩年の姿勢を限りなく自然体にしてくれるだろう。私は他にも自分にはできなかったたくさんのことをしっかりと自覚して、その意識に包まれ、その不思議な「未完」の温かさゆえに幸福に死ぬことができるかもしれないという幻想を、その瞬間いだけたのである。

『Voice 346』2006.10

危うさが時を輝かせる

暑い中を来てくださった方たちを、あちこちにお引き合わせする。

来年は生きているかどうかわからない。

多分生きているだろうが、私が私でいるかどうかはわからない。いや、もう今でも変質しているかもしれない。

その危うさが、今この時を輝かせてくれるように思えるから不思議だ。

『Voice 361』2008.1

人生はすべて過程

考えてみれば、人生はすべて過程である。これで完成ということもなければ、これで失敗ということもない。たとえばすべての小説は、ほんとうは毎日毎日手直しを続けなければならないもので、そうなると一生かかっても本にできない。だから私たちは作品を未完成品のまま世に出すことを諦め納得し、現状を柔らかに受け止めて謙虚になる他はないのである。

年齢も同じである。

若い方がいい、と人は誰でもが言うし、それはもちろん単純な真実だ。若い人は美しく強く活力に満ちている。しかし複雑な真実はそうでもない。私たちは、私たちが立っている現在の地点と時点を愛し、それをいとおしみ、それを貴重に思って生きる他はないのである。

『完本　戒老録』　祥伝社

なんとか私らしく生きている

少し動くとひどく疲れる、という全く計算に合わない生活の中でも落ち込みデー。去年のヘルペスの後も、まだ始終お腹の底の方が痛くて憂鬱になる時間があるし、慢性疲労症候群という病気としか思えない日もある。

なんとか私らしく生きていられるのは、長年の「勤労」癖が身についているからなのか、それとも見栄っ張りなのか、人との約束のある日には、どうやらのろのろとではあるが普通に振る舞い、「お元気ですねえ」と言われる。必ず「いえ、年相応に健康じゃないんです」と言っているのだが、他人はそれを信じてくれない。

『私日記9　歩くことが生きること』海竜社

【出典著作一覧】

『老いの才覚』　ベスト新書
『老いを生きる覚悟』　海竜社
『人はなぜ戦いに行くのか』　小学館
『介護の流儀』　河出書房新社
『自分流のすすめ』　中央公論新社
『私日記10　人生すべて道半ば』　海竜社
『中年以後』　光文社文庫
『人生の後片づけ』　河出書房新社
『安逸と危険の魅力』　講談社
『人はみな「愛」を語る』　青春出版社
『私日記9　歩くことが生きること』　海竜社
『人間にとって病いとは何か』　幻冬舎新書
『完本 戒老録』　祥伝社
『夫婦という同伴者』　青志社
『幸せは弱さにある』　イースト新書
『老境の美徳』　小学館
『納得して死ぬという人間の務めについて』　KADOKAWA
『原点を見つめて』　祥伝社
『人間の基本』　新潮新書
『死生論』　産経新聞出版
『自分の顔、相手の顔』　講談社文庫
『私日記8　人生はすべてを使いきる』　海竜社
『ほんとうの話』　新潮社

『人間にとって成熟とは何か』 幻冬舎新書
『大説でなくて小説』 ＰＨＰ研究所
『昼寝するお化け』 小学館
『永遠の前の一瞬』 新潮文庫
『人間関係』 新潮新書
『残照に立つ』 文春文庫
『神さま、それをお望みですか』 文藝春秋
『奇蹟』 文春文庫
『老いの僥倖』 幻冬舎新書
『悲しくて明るい場所』 光文社文庫
『平和とは非凡な幸運』 講談社
『人生の醍醐味』 扶桑社
『人は最後の日でさえやり直せる』 ＰＨＰ文庫
『この世に恋して』 ワック
『なぜ子供のままの大人が増えたのか』 大和書房
『誰のために愛するか』 祥伝社
『必ず柔らかな明日は来る』 徳間書店
『生きるための闘い』 小学館
『部族虐殺』 新潮社
『誰にも死ぬという任務がある』 徳間文庫
『旅立ちの朝に』 新潮文庫
『人生の第四楽章としての死』 徳間書店
『それぞれの山頂物語』 講談社
『曽野綾子の人生相談』 いきいき株式会社

『人間の芯』　青志社
『至福の境地』　講談社
『想定外の老年』　ワック
『風通しのいい生き方』　新潮新書
『幸せの才能』　海竜社
『晩年の美学を求めて』　朝日新聞社
『言い残された言葉』　光文社文庫
『不幸は人生の財産』　小学館
『陸影を見ず』　文春文庫
『揺れる大地に立って』　扶桑社
『人生の収穫』　河出書房新社

雑誌

『昼寝するお化け』　週刊ポスト
『Voice 472』2017.4　ＰＨＰ研究所
『Voice 346』2006.10　ＰＨＰ研究所
『Voice 361』2008.1　ＰＨＰ研究所

病気《びょうき》も人生《じんせい》
不調《ふちょう》なときのわたしの対処法《たいしょほう》

2020年2月15日　初版第1刷発行

著　者　曽野綾子《そのあやこ》

発行者　笹田大治
発行所　株式会社興陽館
〒113-0024
東京都文京区西片1-17-8 KSビル
TEL 03-5840-7820
FAX 03-5840-7954
URL http://www.koyokan.co.jp

装　幀　長坂勇司（nagasaka design）
校　正　新名哲明
編集補助　島袋多香子
編集人　本田道生
印　刷　KOYOKAN,INC.
DTP　有限会社天龍社
製　本　ナショナル製本協同組合

ISBN978-4-87723-250-4 C0095

一人暮らし
わたしの孤独のたのしみ方

曽野 綾子

本体 1,000円+税
ISBN978-4-87723-243-6 C0095

連れ合いに先立たれても一人暮らしを楽しむ。幸せに老いるすべを伝える珠玉の一冊。